DREAMBOOKS

DREAMBOOKS

무위투쟁록

가우리 신무협 장편소설

ORIENTAL FANTASYSTORY & ADVENTURE

7

dream books
드림북스

무위투쟁록 7

초판 1쇄 인쇄 / 2013년 12월 16일
초판 1쇄 발행 / 2013년 12월 20일

지은이 / 가우리

발행인 / 오영배
책임편집 / 편집부
펴낸 곳 / (주)삼양출판사 · 드림북스

주소 / 서울특별시 강북구 솔샘로67길 92
대표 전화 / 02-980-2112 팩스 / 02-983-0660
편집부 전화 / 02-980-2116 팩스 / 02-983-8201
블로그 / blog.naver.com/dreambookss

등록번호 / 제9-00046호
등록일자 / 1999년 3월 11일

값 8,000원

ISBN 978-89-542-5114-3 (04810) / 978-89-542-5107-5 (세트)

* 지은이와 협의하에 인지는 생략합니다.
* 잘못된 책은 구입한 곳에서 바꾸어 드립니다.

이 도서의 국립중앙도서관 출판시도서목록(CIP)은 서지정보유통지원시스홈페이지(http://seoji.nl.go.kr)와 국가자료공동목록시스템(http://www.nl.go.kr/kolisnet)에서 이용하실 수 있습니다. **(CIP제어번호: 2013027450)**

가우리 신무협 장편소설
ORIENTAL FANTASYSTORY & ADVENTURE
7
dream books
드림북스

목차

第一章

장무위를 매수하라

전마성 대외 협력을 맡은 황금산 장로를 일컬어 사람들은 이렇게 말한다.

황금당주.

실제로 전마성 내에 그런 직위는 없다.

그럼에도 다들 그를 부를 때 황금당주라 불렀다. 황금산 스스로도 남들이 그렇게 부르는 것을 즐긴다.

황금산 장로를 황금당주라 부르게 된 이유는 그의 독특한 이력 때문이었다.

그는 상인이었다.

나이 삼십이 될 때까지 무공은커녕 몸을 쓰는 일 자체를 해 본 적이 없었다. 그럼에도 지금 그는 전마성의 장로 자리 중 하나를 당당하게 꿰차고 있었다.

그럼 그 자리를 금력으로 꿰찼을까?

그것은 아니었다.

방파를 운영하는 데 아무리 금전이 많이 소요된다 하더라도, 전마성쯤 되는 단체라면 수많은 상인들이 여러 이권을 얻기 위해 접촉해 온다. 단순히 돈만 많다고 장로 자리에 오를 수는 없다.

그는 당당히 실력으로 자신의 자리를 차지한 입지전적인 인물이었다.

무공이라고는 전혀 모르던 그가 강함을 손에 넣을 수 있었던 것은 자신의 가장 큰 무기인 자금력을 이용하여 활발하게 거래를 했기 때문이었다.

돈으로 영약 사서 먹고 무공을 사는 것?

물론 그것이 가장 일반적인 방법이지만, 그것만으로 강해질 수 있다면 거부들은 모두 초고수가 되었을 것이다. 돈만으로 할 수 있는 것에는 한계가 있었다.

황금산은 이 부분을 잘 알고 있었다.

그래서 거래를 하기 위한 상대를 물색함과 동시에 무언가 파고들 여지가 있는지를 면밀히 조사했다.

그 결과 당대의 초고수 중 하나인 적철마를 만나 거래를 하게 되었다.

적철마의 하나뿐인 손녀가 불치의 병에 걸려 있었는데, 그가 가진 금력과 가문의 보물을 활용해 살리고 그녀와 혼인을 한 것이다.

그로 인해 그는 적철마로부터 내공을 전수받고 적철마의 무공을 이었다. 아울러 모자란 부분은 가진바 금력을 활용해 영약 등으로 채웠다.

다른 일도 마찬가지였다.

모자란 실전 역시 돈으로 때웠다.

비밀리에 필요한 적수를 찾아 본인과의 결투를 의뢰함으로써 실전적인 부분을 보완했다.

계기는 우연하고도 단순한 어떤 사건이었다.

상인으로서 승승장구하던 어느 날 강호의 인물에게 치욕을 당했던 것이다. 흔하다면 흔할 수 있는 일이었지만, 그는 이 사건을 계기로 강해지고자 결심했다.

그 덕에 지금 그는 전마성의 장로라는 위치에 올라설 수 있었다.

"이건 뭐……."

황금산은 장무위에 대한 정보를 읽어 보면서 눈가를 찌푸렸다.

한참을 읽고 또 읽은 그는 보고서를 내려놓으며 중얼거

렸다.

"도무지 쓸 만한 게 없군."

장무위를 회유하라.

그것이 바로 그에게 내려진 전마성의 특명이었다. 만약 회유에 실패한다면 즉시 장무위를 제거한다는 게 전마성의 계획이었다.

물론 그렇게 될 경우, 따로 대비할 시간을 주지 않기 위해 원로원의 노고수들이 그와 거의 동시에 싸락골로 들어왔다.

그동안의 보고서를 종합해 본 결과, 장무위는 정파인이라고 볼 수 있는 부분이 별로 없었다.

물론 전마성과의 마찰도 있었고, 또 정파의 거물들과 친분이 있는 것은 사실이다. 하지만 다각도로 검토한 결과 많은 부분에서 오해가 있었음이 밝혀졌다.

개방의 은둔고수설.

이 역시 얼마 전 쪽박 파괴 사건을 통해 사실이 아님이 밝혀졌다.

꼭 그것이 아니더라도 제갈장천과 화산의 정천진인이 방문한 내막을 파헤친 결과, 그들 역시 장무위를 회유하기 위해서 방문했던 것으로 확인되었다. 회유가 필요하다는 말은 뒤집어 생각하면 정파인이 아니라는 뜻.

가장 중요한 점은 그 과정에 금 거북이 한 마리가 흘러들어 갔다는 정보를 획득했던 것이다.

정천진인 역시 화산의 장로지만 원래는 이름난 상가 출신이었기에 얻어낼 수 있었던 정보였다.

물론 은밀히 구한 것이기에 그것이 어디서 어떻게 장무위에게로 흘러들어 갔는지는 확인할 길이 없었지만, 은월칠 조를 통해 우연찮게 확인되었다.

확인이 된 이유는 간단했다.

장무위가 금 거북이를 갖고 있다는 자랑질을 했던 것이다.

물론 누가 금 거북이를 줬다고 떠벌리지는 않았지만, 장무위가 원래부터 금 거북이를 갖고 있었다면 자랑질을 했어도 벌써 했을 성격이라는 것쯤은 이제 알 만한 사람은 다 알고 있었다.

"마을로 들어섰습니다."

이런저런 고민을 하던 중 황금산은 상단의 호위 무사로 위장한 은월의 보고에 고개를 들었다.

"적당한 곳을 잡아보게."

"저, 그게……."

"뭔가?"

황금산은 호위 무사의 목소리에 묘한 떨림이 있다는 것

을 감지하고 조용히 되물었다.

"여기 꼬마가 있는데……."

황금산의 감각에도 작은 기감이 느껴졌다.

어느 마을이든 호객 행위를 하는 아이들이 있기 마련이었다. 그런 것이라면 호위 무사의 선에서 알아서 처리할 일인데 그것을 굳이 자신에게까지 알리는 게 이상했다.

황금산이 마차의 문을 열자 호위 무사의 말이 이어졌다.

"물 좋은 객잔이 있다고 합니다."

"물 좋은 객잔? 그런 건 자네가……."

"무위객잔에 오시면 최상의 접대로 모시겠습니다!"

황금산의 말이 채 끝나기도 전에 꼬맹이 하나가 넙죽 허리를 접으며 목소리를 높였다.

"무위객잔……."

황금산은 꼬맹이를 바라보았다.

그 꼬맹이는 바로 만덕이었다.

만덕이는 당당하게 엄지를 추켜올리며 말을 이었다.

"여기 만덕, 어르신을 최상으로 모시겠습니다!"

금전에 눈을 뜬 만덕은 어느새 싸락골 객잔 호객꾼들 중에서도 이름을 널리 알리기 시작했다.

"어찌할까요."

안 그래도 장무위와의 끈을 어찌 연결하나 궁리하고 있

었는데 이런 미묘한 상황이 벌어지니 호위 무사가 어찌할 바를 모르고 있었던 것이다.

황금산이 입을 열었다.

"별채 하나를 빌릴 수 있겠느냐?"

황금산이 묻자 만덕이가 곧바로 오체투지하며 외쳤다.

"왕처럼 모시겠습니다요!"

"……."

황금산은 넙죽 엎드린 만덕을 보며 눈을 빛냈다.

'이놈, 대성할 놈이다.'

오랜만에 상인의 감각이 번뜩였다. 순간적인 판단이지만 황금산은 만덕을 회유해야겠다고 마음먹었다. 그때 귓가로 은월의 전음이 울려왔다.

[함정일지도 모릅니다.]

[은월이 그토록 허술하게 일을 처리하는 집단이었는가?]

되돌아오는 답은 없었다.

"이름이 뭐더냐."

"히힛! 만덕입니다!"

"그래, 안내해 보거라."

"옙!"

"아이를 마차에 태우거라."

황금산의 명령에 호위 무사로 변장한 은월은 두말 않고

명을 따랐다. 마부석 옆자리에 앉은 만덕은 큰손님을 모셨다는 기쁨에 희희낙락하여 콧노래까지 불렀다.

그렇게 장무위를 포섭하기 위한 전마성의 사절이 그의 집 안으로 천천히 이동하기 시작했다.

"흐음."

장원에 도착한 황금산은 주변을 둘러보았다.

흔히 '장원' 하면 떠올릴 만한 으리으리한 건물 옆에 어울리지 않는 초옥이 하나 붙어 있었다.

그 초옥에 연무장으로 쓰였을 법한 널따란 공간이 담장으로 둘러싸여 있는 것으로 보아, 그곳이 바로 여기 무위장이 세워지기 전까지 장무위가 머물렀다는 곳임을 알 수 있었다.

'생각보다 입지가 좋군.'

나지막한 언덕이라지만 주변에 다른 집이 없고 시야가 넓어서 주위가 한눈에 다 들어오기 때문에 습격을 해 온다 하더라도 금세 알아차릴 수 있는 위치였다.

그리고 마을하고도 너무 떨어지지 않은 것이 문파의 장원으로 삼기에는 의외로 최적의 조건을 갖춘 곳이었다.

"알려진 것과는 좀 다른데."

이 정도의 입지를 찾아냈다는 것만 해도 꽤나 좋은 안목을 가지고 있다고 봐야 했다. 그러나 보고서를 통해 알려진 바로는 그야말로 막장이었다.

돈, 여자, 술, 음식 등등 본능적이고 말초적인 것에만 치중하는 인간으로 나타나 있었다. 그러나 이러한 입지를 알아보고 일부러 장원 부지를 여기로 선택한 것이라면 판단을 좀 달리할 필요가 있었다.

사실 이 부분은 어느 정도 황금산의 추측이 맞았다. 장무위가 이곳을 택한 것은 가격대가 적당하기도 했지만 무엇보다도 입지가 마음에 들었기 때문이었다.

장무위는 그 어떤 무인도 겪지 못한 경험을 한 인물이었다. 전쟁터를, 그것도 시도 때도 없이 전황이 뒤집히고 아군과 적군이 뒤바뀌는 혼란한 난세를 겪은 이는 현재 강호무림에 없었다.

아니, 무림을 떠나 명나라 전체에서도 드물었다.

그러한 난세는 이야기책 속에서나 나오는 것이기 때문이었다. 그러나 장무위는 그 수라장을 실제로 겪고 살아온 인물이다.

물론 지휘관으로서가 아니라 살기 위해 아등바등 발버둥치는 칼받이로서 살아온 인생이었다.

하지만 그런 소모성 짙은 삶을 이십 년이나 이어가는 것 역시 어지간한 능력으로는 불가능하다. 생존에 대한 열망과 함께 죽을 자리, 살 자리를 살피는 예민한 감각이 발달해야만 가능한 것이다.

우연만으로 이십 년을 전장에서 살아남을 수는 없었다.

그런 삶을 살았던 장무위가 앞으로 오래도록 살 집을 선택하는데, 대충 아무 곳이나 자리를 잡을 리는 없었다.

본능적으로 주변 입지를 살피고 결정한 곳이 바로 여기였다.

마차가 입구에 다다르자 만덕이 훌쩍 뛰어내리며 말했다.

"마차는 이쪽으로 가면 됩니다요!"

"그래, 안내 좀 해 주고 오너라."

[그럼 다녀오겠습니다.]

호위 무사로 변신한 은월은 만덕을 따라갔다. 일이 틀어졌을 때를 대비하여 미리 주변을 살펴두려는 모양이었다. 안내자인 은월이 사라지고 나니 순수하게 그의 호종 인원만이 남았다.

은월이 만덕의 안내를 받아 마차를 끌고 사라지고 난 뒤, 다시 장원을 살피던 황금산의 얼굴이 살짝 찌푸려졌다.

"분명 입지는 나쁘지 않은데……."

뭔가 마음에 들지 않는 표정이었다.

"저렴하군."

장원을 보면 그 주인의 성품을 알 수 있다고 한다. 나름 꾸민다고 꾸몄지만, 어디서 가져왔는지 모를 겉만 화려한 싸구려 장식에 석상들이 장원을 장식하고 있었다.

고고함보다는 외적으로 자랑하고픈 마음이 물씬 풍겨나는 형태였다.

이는 전형적인 졸부들에게서나 볼 수 있는 모습이었다.

"어서 오십시오."

"음."

장원을 살피던 황금산은 잠시 시선을 놓고 마중 나온 사내를 바라보았다.

"무위객잔에 오신 것을 환영합니다."

사내는 활짝 웃으며 간이고 쓸개고 다 빼 줄 것 같은 표정을 짓고 있었다.

'좋은 자세군.'

황금산은 이렇게 자신의 일에 최선을 다하며 살아가는 이가 보기 좋다고 생각했다.

비록 그가 마도에 속하는 전마성에 몸을 두고 있다지만, 이러한 부분은 일반 강호인이나 전마성의 마인들과는 달랐다.

"그런데 원래 저쪽이 객잔 아니었는가?"

황금산이 초옥을 가리키며 질문하자 사내는 대번에 정색

하며 말했다.

"어찌 대인을 저런 곳에 머무르게 할 수 있단 말입니까. 별채는 이곳에 있습니다."

"그렇군."

황금산은 사내의 말에 일리가 있다고 판단했다. 그리고 장원 안으로 걸음을 옮겼다.

이름난 객잔이나 장원이라기에는 조금 부족한 감이 있었지만, 나름대로 여기저기 신경을 쓴 구석이 보이는 편이었다. 황금산은 마차의 안내를 마치고 잽싸게 돌아온 만덕에게 말했다.

"만덕이라 했느냐?"

"네!"

"고생했다."

황금산이 통 크게 은자 하나를 주었다. 그러자 만덕이가 눈을 휘둥그레 뜨면서 다시 한 번 오체투지했다.

"감사합니다!"

"오냐."

고개를 끄덕이던 황금산이 문득 생각난 듯 몸을 돌렸다.

"그리고 자네도 부탁하지."

마찬가지로 마중 나온 사내에게 은자 하나를 건네주자,

그 역시 만덕이 옆에 넙죽 엎어지며 외쳤다.

“감사합니다, 대인! 성심성의껏 모시겠습니다.”

“그러게나.”

과도한 감사 인사에 피식, 웃음 지은 황금산은 걸음을 옮기다가 잠시 움직임을 멈췄다. 마차를 가져다 놓고 돌아온 은월이 망부석처럼 굳은 채 서 있었던 것이다.

“뭐 하는가?”

질문이 떨어지자마자 은월에게서 전음이 날아왔다.

[그자입니다.]

[응?]

[장무위입니다!]

순간 황금산의 눈이 재빨리 장원 안을 살폈다. 아직 잡히는 기감이 없었다.

‘역시 초고수란 말인가?’

황금산이 긴장한 모습으로 기감을 더욱 곤두세우자 다시 한 번 은월의 전음이 울려왔다.

[거기가 아니라 아랩니다.]

[아래?]

자신도 모르게 고개를 숙였다.

그곳에는 한 남자가 무릎을 털며 막 일어서고 있었다.

[그잡니다!]

"……."

황금산은 머릿속이 새하얘지는 것을 느꼈다.

"이쪽으로 오시지요."

황금산은 장무위의 안내를 받으며 걷고 있었다. 그 뒤를 황금산의 호위 무사와 상단 인원으로 변장한 전마성의 일원들이 따랐다.

겉으로는 보기에는 별 변화가 없었지만, 다들 이미 마음속은 시꺼멓게 타들어 가고 있었다. 설마하니 장주란 인간이 대문 앞까지 나와서 안내를 할 줄이야 어느 누가, 어찌 알았겠는가.

장원 안쪽으로 들어가자 나름 깔끔하게 지어진 건물 한 채가 눈에 들어왔다.

황금산이 원한 별채였다.

그들이 그 앞에 당도하자 한눈에 봐도 직종을 짐작할 수 있는 여인들이 그들을 맞이했다.

"오홍홍! 대인, 어서 오시와요. 별채를 담당하는 시녀, 앵화예용."

"소향이랍니다."

"호호호, 미향입니다."

"……."

황금산은 말을 잇지 못했다.

시녀라고 나온 여인들은 하나같이 진한 화장에, 완전히는 아니지만 삼분지 일쯤은 속살이 드러나는 옷들을 입고 있었다.

누가 본다면 주루로 착각할 복장인 것이다.

그나마 덜 벗은 것으로 보아 확실히 시녀의 역할을 하기는 하는 모양이었다.

따갑게 느껴지는 시선에 황금산이 고개를 돌려 보니, 장무위가 실실 웃으며 그를 바라보고 있었다.

말은 없었지만 눈으로 '흡족하십니까?' 라고 묻는 것 같았다.

"별채에만 특별히 고용되어 있는 이들입니다. 시키실 일 있으면 이 아이들에게 시키시면 됩니다."

"알겠……소."

"에구, 말 놓으십쇼, 손님."

장무위가 손사래를 치며 말을 놓으라 했지만 쉽게 말을 놓을 수가 없는 황금산이었다.

대신 속으로 한마디 던지는 것을 잊지 않았다.

'이 저렴한 인간!'

어찌 되었든 앞으로 친해져야 할 상대이기에 나름대로 관계에 도움이 될 만한 말을 건넸다.

"마음에 드오."

"감사합니다!"

냉큼 고개를 숙이는 장무위에게 황금산은 다시 한 번 은자 하나를 주었다. 그러자 그는 자동적으로 허리를 꾸벅 숙이더니 정말 감사하다는 표정으로 물러갔다.

"어르신, 이리 드시와요!"

"애향아, 손님 받아라!"

"오홍홍!"

"……."

하는 행동을 보니 역시 예상대로였다.

"잘했다."

"헤헤헤!"

장무위가 만덕이의 머리를 쓰다듬어주었다.

싸락골의 객잔 업계에 폭풍처럼 나타난 무위객잔은 여타 많은 객잔주들의 질시를 불러왔지만, 그야말로 단순한 질시에 그쳤을 뿐이다.

무위장 안에 있는 이들이 전부 이전 막가파 인원들인지라, 객잔주들 입장에서는 그들이 보호세를 안 걷는 것만 해도 다행이었다.

물론 아예 안 받는 것은 아니었다.

아주 약간의, 소정의 비용은 받았다. 그러나 그것은 무위장에서 일부러 뜯어낸 것이 아니었다.

막가파가 무위장으로 흡수되자, 그들의 빈자리를 차지하기 위해 근방의 건달들과 외지 흑도들이 자연스럽게 싸라골로 흘러들어 왔다.

문제는 그들 역시 일반적인 흑도들과 매한가지라는 점이었다.

오히려 흑사파 싸라골 지부가 있을 때보다 더하면 더했지, 덜한 놈들이 아니었다.

결국 동네 지주들이 무위장에 찾아와 이들을 몰아내 줄 것을 부탁했고, 장무위는 마다하지 않았다.

그 덕에 동네 주민들은 적은 비용으로 치안을 확보할 수 있었고, 장무위는 무위장의 인물들을 먹여 살릴 만한 정기적인 수입원을 확보할 수 있었다.

물론 왕곰파가 보내오는 상납금도 쏠쏠하긴 했지만 말이다.

그렇게 되면서 장원의 남는 공간을 객잔으로 활용하려던 장무위는 인원이 더 필요해짐을 느꼈다. 음식이야 송화와 동네 아낙을 불러다 해결했지만, 객잔을 관리할 사람이 문제였다.

이전 막가파 인원은 다들 나름대로 바쁘다 보니 손이 부족했다.

거기서 생각한 것이 주루에서 은퇴 직전에 놓인 여인들을 활용하는 것이다.

여인으로서는 창창하지만 기녀로서는 서서히 젊은 것들에게 밀릴 나이의 기녀들을 몇 뽑아 오게 되었다.

전문 시녀 훈련은 없었지만 장무위가 생각하기에 접대란 게 어차피 거기서 거기였다.

오히려 접객에 있어선 그녀들이 갑이라 생각했다. 왜냐하면 자기가 좋으니까.

이에 유일하게 막우만 떨떠름하게 반대 의사를 표했으나, 광저를 포함한 무위장의 모든 인원들이 열광적으로 찬성 의사를 표해 일사천리로 일이 진행됐다.

여기서 살짝 걸리는 게 돈 문제였는데, 그 부분은 장무위가 장원의 일부를 그녀들에게 할애해 주는 걸로 대신하기로 했다.

장원에서 술을 팔아도 되도록 말이다.

장원 내에 객잔과 주루가 혼재된 것이나 마찬가지라 멀리 갈 필요가 없었다.

그리되니 그녀들도 두말하지 않고 무위장에 들어와 일하게 되었다.

"끙, 장원이……."

멀찍이서 돌아가는 꼴을 지켜보던 막우가 한숨을 내쉬었다.

그의 두 눈가가 제법 거뭇했는데 그 이유는 간단했다.

막우는 얼결에 금전 출납에 관한 업무를 전부 맡게 되었다. 무위장 인원 중 장무위를 제외하고는 가장 유식한 게 그였고 또 그나마 금전 감각이 있는 것도 그였다.

그게 발목을 잡아 이 꼴이 되었다.

"후우."

막우는 쌓인 서류를 처리하기 위하여 발걸음을 옮겼다. 어서 처리를 해 두어야 저녁 시간이라도 장무위에게 수련을 받을 수 있기 때문이었다.

그나마 장무위가 뭔가를 가르쳐 주지 않았다면 뛰쳐나가도 벌써 나갔을 것이다.

* * *

"부르셨습니까."

호위 무사로 변장한 은월이 안으로 들어서자 황금산이 그를 맞이했다.

"왔는가."

"예."

"볼에 뻘건 게 묻었네."

"죄, 죄송합니다. 어디까지나 철저하게 호위 무사로 보여야 했기에 적당히 놀아준다는 게 그만……."

은월은 황급히 볼에 묻은 붉은 입술 자국을 지우며 변명했다.

"무언가 캐내려는 기색은 있었나?"

황금산이 여인들을 경계하며 물었다.

"미인계를 하기엔 좀 인물들이 떨어지지 않겠습니까?"

"그런 건 아니란 건가?"

"예, 그다지 복잡한 건 묻지 않았습니다. 그냥 호구인지 아닌지만 확인하는 느낌이었습니다."

"호구? 그래서 어떻게 대했는가."

"닳고 닳은 놈처럼 대했지요."

꼬박꼬박 대답하는 은월에게 황금산이 살짝 눈살을 찌푸리며 말했다.

"그 결과가 그거군."

"은월은 항상 주어진 임무에 최선을 다하며 어떤 상황에서도 적응할 수 있도록 훈련되었습니다."

"장하네."

"감사합니다."

순간 황금산은 임무고 뭐고 당장 눈앞의 놈부터 처치할

까 고민했다.

"좀 파악된 건?"

"막상 들어오니 더 혼란이 오는 듯합니다."

"음."

은월의 보고에 황금산이 잠시 생각에 잠기더니 한마디 툭 던졌다.

"보고된 것 이상으로 개판인 인생을 사는 인간이군."

"그런 듯합니다."

"그런 인간이 어찌 그 정도의 고수가 되었을까……."

"정말 고수인지 아닌지도 모르잖습니까."

황금산의 중얼거림에 은월은 못 믿겠다는 표정으로 대꾸했다.

"같은 은월의 보고도 못 믿는가? 이형환위의 실력이라면 가진바 무위도 무시 못 할 터. 게다가 걸왕이 호형호제를 하는 이다. 물론 자발적이지는 않은 것 같다는 보고가 있었지만 말이다."

"그게 정말 문제이지요. 차라리 자발적이라면 모르겠지만 강요에 의한 행동이니 말입니다. 걸왕이 멀쩡한 남자에게 오라버니라 하고 다닐 인간은 아니지 않습니까."

황금산은 살짝 눈살을 찌푸리며 더 이상 이 화제를 이어나가지 않았다.

"정보의 혼란만 올 뿐이니 그런 복잡한 문제는 덮어 두게. 오라버니라니……."

"알겠습니다."

고개를 끄덕인 황금산이 문득 생각이 난 게 있는지 입을 열었다.

"다른 인원은?"

걸왕과 소요검선을 상대하기 위한 인원들을 말하는 것이었다.

"이미 진입했을 겁니다. 저희 바로 뒤를 따르고 있었으니까요."

싸락골 안으로 들어선 전마성 일행들이 간단하게 국수를 먹으며 대화를 나누었다.

"흐음. 생각보단 조금 번화한 동네군."

"일단 동정호 변이잖습니까. 그리고 장무위란 자의 일인극이 주변에 알려지면서 몰려온 여행객들이 좀 늘었다고 들었습니다."

"그렇군."

"일단 객잔부터 잡아야겠습니다."

"그래야지."

"가능하면 번잡하지 않은 곳을 찾게."

인마와 지마가 말하는 바는 지극히 당연한 일이었다. 발품을 팔아 먹고사는 상인으로 변장을 했지만, 그래도 그들의 목적을 생각하면 주변의 눈에 띄지 않는 게 중요했다.

"조용하게 지내실 수 있는 곳이라면 맡겨주십쇼!"

"응?"

갑자기 들려온 앳된 목소리에 인마를 비롯한 전마성 일행들이 고개를 돌렸다. 그곳에는 꼬마 하나가 의기양양한 표정으로 서 있었다.

"여기 만덕! 어르신들을 최상으로 모시겠습니다!"

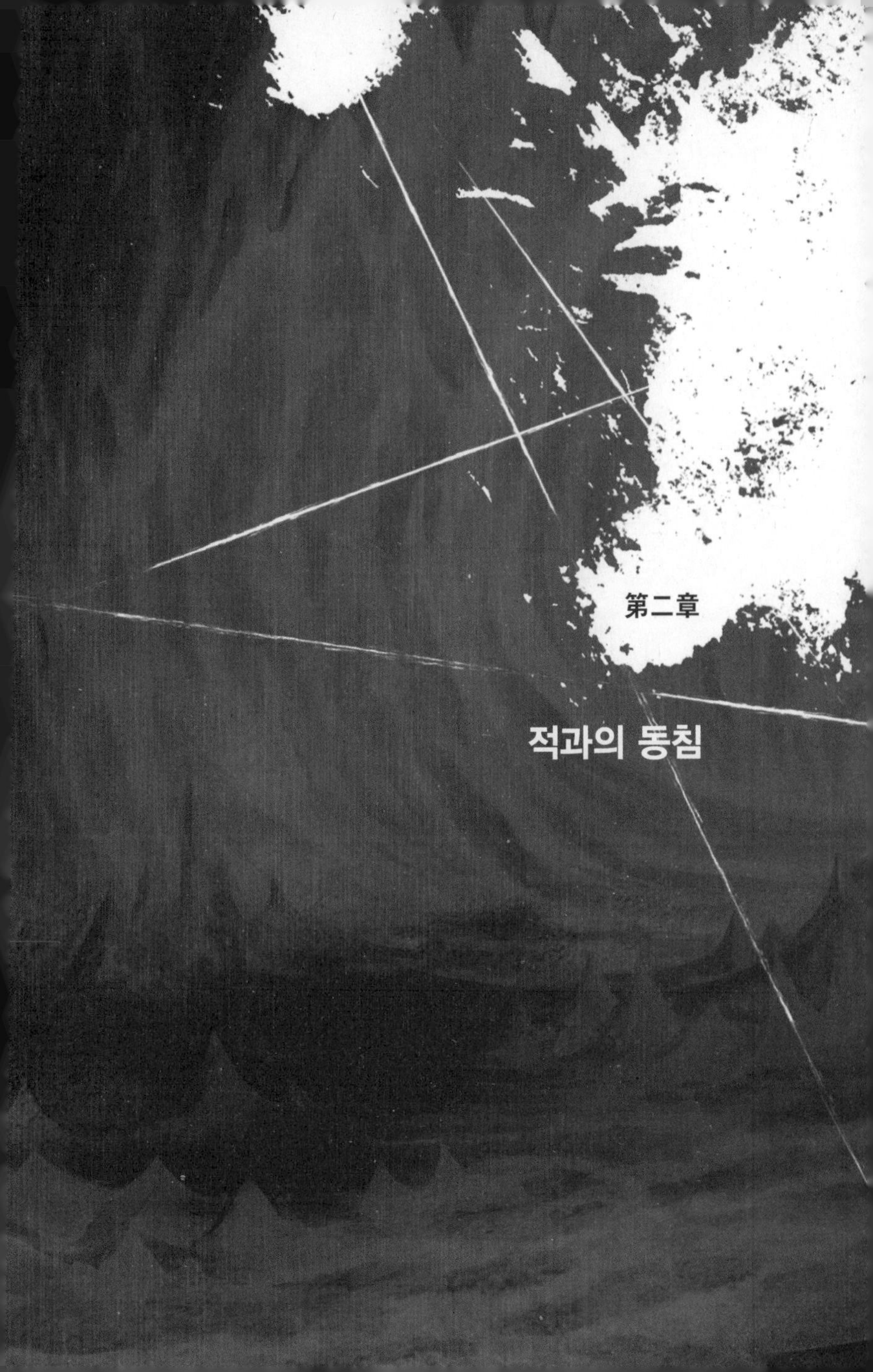

第二章

적과의 동침

전마성 일행은 만덕의 안내를 받고 있었다. 짐을 지고 열심히 만덕의 뒤를 따르던 중, 일의 진행을 보조하기 위해 따라붙었던 은월의 전음이 지마의 귓가에 울려왔다.

[이거 좀 이상합니다.]

[뭐가 이상하다는 거지?]

당황스러운 기색을 보이는 은월에게 지마가 전음으로 되물었다.

[지금 우리가 가고 있는 위치가 조금…….]

[조금 어떻다는 말인가?]

[정확하지는 않지만 정보대로라면 이쪽 방향에는…….]

은월의 곤혹스러운 말이 다 끝나기도 전에 만덕의 활기찬 음성이 들려왔다.

"저기까지만 가시면 됩니다!"

지마와 인마가 동시에 고개를 들어 만덕이가 가리키는 방향을 바라보니 말끔하게 정돈된 집 한 채가 눈에 들어왔다. 거기에서 조금 떨어진 위치에는 으리으리한 장원이 서 있었다.

"무위……장?"

"어? 어떻게 아세요? 우와, 눈 되게 좋으신가 보다!"

"……."

만덕이가 호들갑을 떨었지만 지마와 인마는 한가로이 그것을 받아 줄 상황이 아니었다.

[이게 어떻게 된 거냐!]

[그, 그게 목표 지점에 대해서는 이곳에 와서 자리를 잡은 뒤, 은월 칠 조를 통해 자세히 확인하기로 했었습니다.]

[사전에 위치 파악도 안 하고 온 것이더냐!]

[파악은 했지만 대략적으로만 파악했었습니다. 조금 전에 말씀드렸다시피 자세한 부분은 칠 조의 도움을 받기로 했었기에…….]

[아가리를 찢어 버리기 전에 닥쳐라!]

지마의 일갈에 은월은 말문을 닫았다. 그때 인마가 조심스럽게 지마에게 전음을 날렸다.

[혹시 우리를 유인한 것은 아닐까?]

"저, 짐 좀 들어드릴까요?"

어느새 다가온 만덕이가 불안한 시선으로 그들을 바라보고 있었다. 인마가 살짝 인상을 쓰며 대꾸했다.

"크흠. 그럴 것 없다."

"숙박비는 단체 비용으로 적용해서 잘해 드릴게요. 이대로 그냥 가시면 제 동생과 누나가……."

순간 울상을 짓는 만덕이의 표정을 본 지마가 인마에게 전음을 넣었다.

[함정은 아닌 것 같네. 이 아이의 표정이 거짓은 아닌 듯하니 말이야.]

지마의 말에 인마가 헛기침을 하며 말을 고쳤다.

"흐음, 그러고 보니 힘이 들긴 하는구나. 조금 도와주겠느냐?"

그 말과 동시에 만덕이가 오체투지를 하며 외쳤다.

"맡겨 주십시오! 성실하게 들어 드리겠습니다!"

"오, 오냐."

그러고는 번개같이 일어서며 인마의 짐을 받아 들었다.

"허, 어떤 놈에게 교육을 받았는지, 참……."

당장 필요하다고 하면 간이고 쓸개고 다 빼 줄 것 같다고 생각하는 인마였다. 만덕은 신이 나서 인마의 짐을 들고 달려가고 있었다.

[어쩌지?]

만덕이의 뒷모습을 보며 인마가 묻자 지마가 걸음을 옮기며 대답했다.

[지금 와서 되돌아간다면 오히려 쓸데없는 말이 오르내릴 수 있다. 가자.]

[허나 우릴 알아보지 않을까?]

인마의 걱정 어린 전음에 지마가 담담하게 받았다.

[걸왕과 소요검선 등은 장원 쪽으로 자리를 옮겼다 하니 조심만 한다면 나쁠 것 없어. 아니, 오히려 일이 수월하게 풀릴 수도 있지. 등잔 밑이 어둡다는 말이 있잖은가.]

[그렇군. 선택의 여지가 없는 상황이니…….]

인마는 지마의 말에 고개를 끄덕이곤 다시 은월에게 전음을 했다.

[네놈은 도착하는 대로 칠 조와 접촉해서 이런 빌어먹을 상황이 앞으로 더는 일어나지 않도록 해라.]

[명을 받습니다.]

그렇게 만덕을 따라가기로 결론을 내린 인마와 지마가 걸음을 옮겼고, 그 뒤로 은월과 전마성의 고수들이 기세를 갈무리하고 조심스럽게 걸음을 옮겼다.

그리고 그들 뒤로 수레가 뒤따랐다.

그들을 끌고 가면서 만덕이는 환한 표정을 지었다.

'단체 손님을 놓쳤으면 소화랑 송화 누나가 되게 아쉬워했을 거야!'

만덕이가 아까 동생과 누나 이야기를 꺼내면서 하려고 했던 말은 이게 전부였다. 다만 끝까지 말을 하지 않았을 뿐. 경우에 따라서는 굳이 세세하게 이야기할 필요가 없다는 판단을 내릴 줄도 아는 만덕이었다.

"손님이요!"

"오냐!"

문이 벌컥 열리면서 한 사내가 나타났다.

"고생했다."

"히힛!"

사내가 만덕이의 머리를 쓱쓱 쓰다듬어 주었다. 그러고는 뒤를 따라온 일행들을 보며 넙죽 허리를 접었다.

"무위객잔에 오신 것을 열렬히 환영합니다."

"커흠. 단체로 하면 좀 싸게 해 준다는데……."

인마가 사내를 맞아 거래를 하는 도중 은월의 전음이 들려왔다.

[저, 인마님!]

[쉿, 조용하게.]

인마는 은월의 전음을 묵살했다.

"흐흐, 당연히 싸게 해 드려야지요. 제 권한으로 팍팍 깎아 드리지요."

"거참, 어찌 자네 말을 믿나."

인마가 너스레를 떨며 말하자 사내가 가슴을 탕탕 두들기며 말했다.

"아니, 주인장이 싸게 해 준다는데 누가 말린답니까!"

"쿨럭……."

순간 사레가 걸려 기침을 토해 낸 인마의 귓가로 은월의 다급한 전음이 울려 퍼졌다.

[인마님, 그자가 바로 장무위입니다!]

[그런 건 빨리 말해!]

[아까 조용히 하라고 하셔서…….]

[네놈 영원히 조용하게 만들어 줄까!]

[…….]

순간 은월은 입을 닫았다.

그는 억울했다.

"왜, 제 말을 못 믿겠습니까?"

"아, 아니오. 허, 허허허! 그저 고마워서……."

"그럼 따라들 오시오. 흐흐."

장무위가 앞장서자 여전히 인마의 짐을 든 만덕이가 그 뒤를 따랐다. 그런 만덕이에게 인마가 손을 내밀며 말했다.

"이제부턴 내가 들고 가마."

"아니에요! 제가 더 들어 드릴게요."

"허허, 괜찮대도."

"아니에요! 더 들어 드릴게요!"

만덕이가 마치 자기 짐이라도 되는 듯 짐을 당겨 안으며 강짜를 부리자 인마의 눈썹이 꿈틀거렸다. 호의도 지나치면 독이 된다.

그때 지마가 만덕이에게 무언가를 던졌다.

티잉!

"정 그러시다면 드릴게요!"

무언가가 허공을 나는 것과 동시에 만덕이가 인마에게 떠밀듯 짐을 안겨 주더니 지마가 던진 것을 받아 들었다.

동전 댓 개가 엮인 꾸러미였다.

"푹 쉬십시오!"

"……."

언제 그랬냐는 듯 꾸뻑 인사를 하고 사라지는 만덕을 바라보는 인마를 향해 지마가 전음을 날렸다.

[딱 보면 모르겠냐?]

[젠장, 저놈!]

인마가 이를 갈며 장무위의 뒤를 따랐다.

"자, 바로 여깁니다!"

안으로 들어선 장무위가 그들에게 방을 가리키며 말하자 안쪽에서 그들을 맞이하는 목소리가 들려왔다.

"안녕하십니까요, 손님! 뱁새라고 불러 주십셔!"

"쌍되낍니다요!"

"촐랭이입니다요!"

"……."

누가 봐도 동네 건달임을 알 수 있는 험상궂은 얼굴을 한 인물들이 각 잡고 허리를 숙였다.

그들을 보며 장무위가 자랑스러운 표정으로 말했다.

"필요한 것이 있으면 이놈들한테 시키시면 됩니다. 특별히 이곳에 배치한 놈들인데 힘도 좋고 일도 빠릿빠릿하게 잘합니다. 저기 장원에 있는 별채의 시녀들은 비리비리해서 힘쓰는 일이라면 차라리 이놈들이 나을 겁니다."

"고, 고맙소."

"애들아, 손님 모셔라!"

"알겠습니다요, 무위장주 형님!"

덩치들이 일제히 나와 그들의 짐을 안쪽으로 옮겨 주었

다. 그들 중 하나가 수레에 다가가자 은월이 그 앞을 막아서며 말했다.

"이건 우리가 알아서 하겠소. 세워 놓을 곳만 알려 주시오."

"알겠습니다요, 손님."

그렇게 그들은 무위객잔에 여장을 풀었다.

*　*　*

야심한 밤.

짐 보따리를 든 남자가 무위객잔을 향해 올라왔다.

"어서 오십쇼!"

"아, 난 여기 묵으려는 게 아니라……."

"카아악! 퉤이. 뉘슈?"

순식간에 바뀌는 대우에 사내는 잠시 말을 잊었다. 그때 안쪽에서 그를 반기는 음성이 들려왔다.

"여어, 왔는가?"

목소리의 주인은 바로 단체 손님 일행 중 하나였다.

"헉! 소, 손님. 아시는 분입니까?"

"아, 우리와 거래를 할 친구요. 뭔가 문제라도 있소?"

"아이쿠! 그러면 미리 말씀을 하시지!"

언제 그랬냐는 듯 문전박대를 했던 사내가 다시 어색하게 웃으며 방문자를 맞이했다. 그때 한쪽에서 광저가 나타났다.

"저 잡것 끌어내라."

"혀, 형님!"

"내 손님께 누를 끼치면 안 된다고 했냐, 안 했냐?"

벌겋게 달아오른 광저를 보며 방문객을 맞이했던 건달의 얼굴은 하얗게 질려갔다.

"그, 시, 실수로……."

"장 어르신께 말씀드릴까?"

"형님! 차라리 형님 손에 죽겠습니다요!"

"끌고 가!"

"어흐흐흑!"

끌려가는 건달을 뒤로하고 광저가 허리를 숙였다.

"좋은 밤 되십쇼! 손님!"

"고, 고맙소."

방 안으로 들어선 은월 칠 조원은 지마와 인마에게 부복했다.

"먼 길 오셨습니다."

"시끄럽더군."

"이 집이 좀 그렇습니다. 아무래도 전 막가파 인원들을 부리기에……. 그런데 어찌 이곳으로 오셨습니까."

"웬 돈에 환장한 꼬맹이 따라오다 보니 이리됐다."

"만덕이군요."

"아는가?"

인마가 되묻자 은월 칠 조원이 대답했다.

"이 집에서 돈에 환장한 이라면 무위장주와 그 꼬맹이뿐입니다."

"허어……."

그때 지마가 은월 칠 조원에게 질문을 했다.

"그런데 황금산이는 어디로 자리를 잡았는가."

지마의 질문에 은월 칠 조원이 약간 어색한 표정으로 대답했다.

"옆집입니다."

"옆집이라니?"

"무위객잔 별채입니다."

"……."

"무위장 안에 남는 건물을 별채라고 따로 꾸몄습니다."

"이게 대체 뭔 짓인지 모르겠군."

인마의 허탈한 음성이 흘러나왔다.

*　*　*

"어디?"

"바로 옆에 있는 초옥 말입니다."

"……."

거래를 핑계로 방문한 은월 칠 조원의 보고를 받은 황금산이 잠시 멍한 표정을 지었다. 하지만 멍했던 표정이 일그러지기까지는 그리 오랜 시간이 걸리지 않았다.

"그 양반들 노망난 거 아니야!"

항상 웃는 낯을 하던 황금산도 이번 일은 어이가 없었는지 버럭 소리를 질렀다.

원로원이라면 평소에는 감히 쳐다보지도 못할 고수들이건만 이 순간만큼은 좋은 소리가 나오지 않았다.

물론 당사자들이 눈앞에 없기도 했지만 말이다.

그뿐 아니라 보고를 하는 은월도 황당하기는 마찬가지였는지, 황금산을 말리지도 못하고 난감한 표정만 짓고 있을 뿐이었다.

"막말로 우리야 회유를 핑계로 왔다고 하지만 그 양반들은 대체 왜 온 건가! 바로 옆이니 편하게 걸어와서 목이라도 따려고?"

"저 흥분을 좀 가라앉히시고……."

"후우…… 그래, 어찌 된 건가?"

"원래는 외지고 사람들의 눈에 잘 뜨이지 않는 곳으로 자리를 잡으려 했었다고 합니다."

"그래서 선택한 게 이쪽인가?"

허탈하다 못해 분노가 치미는지 질문을 던지는 황금산의 음성에는 노기가 그대로 묻어 있었다.

"마침 그때 한 아이가 적당한 곳을 안내하겠다 하여서……."

"아이?"

아이라는 말에 황금산의 얼굴이 살짝 굳어졌다.

"예, 목표물의 주변 인물 중에 만……."

"만덕이?"

"……덕이라는…… 엇! 어떻게 아십니까?"

은월 칠 조원은 황금산이 만덕이의 이름을 꺼내자 의외라는 표정을 지었다. 그다지 신경 쓸 필요가 없다고 분류되는 인물이었기 때문이었다.

"역시 그 녀석이었군."

"혹시……."

"맞네. 우리도 그 녀석을 따라왔지."

"……."

순간 은월 칠 조원은 만덕이까지 감시 대상으로 넣어야 하는가 말아야 하는가, 진지하게 고민을 하게 되었다.

*　*　*

“요즘 손님이 부쩍 늘어난 느낌입니다.”

장원을 열심히 쏘다니던 장무위는 현도의 말에 함박웃음을 지었다.

“부귀영화의 전조란 거지.”

“그렇게 벌고도 모자랍니까?”

현도가 아연한 표정으로 물었다.

사실 이렇게 일해서 버는 것보다 그동안 장무위가 벌어들인 부수입 쪽이 훨씬 더 많았다. 약 팔고 비급 팔고, 또 제갈유를 통해 벌어들인 수입이 꽤 된다는 것을 잘 알고 있는 현도로서는, 그렇게 벌어들이고도 아직 돈, 돈, 거리는 장무위가 이해되지 않았다.

“모자라서 버나? 그냥 버는 거지. 이렇게라도 재미를 들여야 살 만하지 않겠어?”

“아…….”

장무위의 지난 삶에 대하여 어느 정도 알고 있는 현도였기에 그의 말이 조금은 이해가 됐다. 돈 버는 재미란 것도 분명히 있지 않은가.

이 장원도 그중 하나일 것이다.

구체적으로 눈에 보이는 삶의 결과 말이다. 장무위란 인간은 처음부터 무공에 뜻을 둔 이가 아니었기에 강호 인사들과 삶의 목적이 달랐다.

그래서인지 그가 하는 일은 강호의 잣대로 살피기에는 어려운 부분이 많았다. 그나마 강호와 연관된 일이라고는 지금 현도가 무위장 인원들의 무공을 봐주는 게 다였다.

"그런데 애들 실력이 꽤 늘었더만."

"뭐…… 그렇기도 합니다만, 영약을 조금 쓰셨더군요."

현도로서도 의외였던 게, 장무위는 막우와 광저뿐만이 아니라 그 외의 무위장 인원들에게도 영약을 먹였다.

뭔가 수중에 있으면 어떻게든 비싸게 팔아먹으려던 장무위의 성정을 생각해 볼 때, 정말 의외의 일이 아닐 수 없었다.

"그거? 다 가불이지."

"……네?"

"다달이 받는 거에서 까고 있는 거야."

"……하하."

역시 공짜는 없는 법이었다.

"그런데 참, 조만간 화산으로 돌아간다고?"

"네, 아무래도 나온 지도 오래되고 했으니 가 봐야 할 듯합니다."

"그런가."

약간, 아주 약간이지만 장무위의 얼굴에 아쉬움이 스쳐 지나갔다. 그 모습을 보면서 현도 역시 왠지 모를 감회를 느꼈다.

강호 무림이라는 세상과 동떨어진 장무위의 가치관을 접하면서 나날이 크고 작은 깨달음을 얻어가고 있던 차였다.

비록 무공의 깨달음은 아니지만, 사고의 넓이와 깊이를 크게 해 주는 것만으로도 충분히 삶에는 도움이 되었다.

달리 생각하면 무공에도 도움이 되고 있다고도 볼 수 있었다.

모든 것을 새로운 시각에서 볼 수 있으니까.

"뭐, 그 전에라도 한잔하자고."

"알겠습니다."

한잔 술 약속을 남기고 멀어져 가는 장무위를 바라보고 있을 때 문득 옆에서 걸왕의 음성이 들려왔다.

"저 인간은 술 한 잔 하자고 한 뒤에 술값 받아먹을 인간이다."

"하하, 그건 그렇습니다. 그런데 아직도 피해 다니십니까?"

"젠장."

걸왕이 어딜 간 것은 아니다.

여전히 무위장에 들러붙어서 먹고 마시고 한다. 하지만 그는 절대로 장무위와 마주치지 않기 위해 갖은 노력을 다 했다.

다행히 장무위가 그를 일부러 찾아다니거나 하지 않은 덕에 걸왕의 노력은 헛되지 않았다.

"소화 그 녀석이 내게 한 말을 못 들어서 그래?"

"뭐, 그야……."

현도는 쓴웃음을 보였다.

걸왕이 장무위에게 오라버니라고 하는 것을 본 소화가 언제부턴가 걸왕을 할머니라고 부르기 시작했다. 문제는 만덕이와 소요검선의 손녀까지 소화를 따라 한다는 것이다.

자연히 걸왕은 장무위를 피할 수밖에 없었다.

약속을 안 지키자니 후환이 두렵고, 지키자니 소문이 두려웠다.

"뭐, 어쨌든 더는 일이 일어날 구석이 없으니 여기 있을 필요는 없겠지. 저놈이 어디 다른 데로 움직일 인간도 아니고."

"예, 이 정도가 적당하다고 봅니다."

"그렇지. 저런 인간은 그냥 놔두는 게 도움이 되는 거야. 강호에도 세상에도."

"그렇지요."

"굳이 말하자면 타초경룡? 아니다, 룡은 고깝고 이무기로 하자."

타초경사.

풀을 건드려 뱀을 놀라게 한다는 말에서 뱀 대신 용을 넣어 봤다가 왠지 아까운지 이무기로 말을 바꾸었다.

"뭐, 어쨌든 그 말에는 저도 동의합니다. 싫다는 사람 굳이 끌어들일 필요는 없으니까요."

"쯧, 화산에서 공을 꽤 들였는데 정작 노력해야 할 사람이 이 모양이니 헛돈 썼군."

"하하하!"

정천진인의 금 거북이를 말하는 것이리라.

"어쨌든 더는 이 동네가 시끄러울 일은 없었으면 좋겠구만."

"일단 저분이 한 일에 대해서는 전부 짊어지셨잖습니까."

"짊어지긴. 도박판 말로다가 독박 쓴 게지."

"아무렴 어떻습니까."

여유롭게 말을 받아넘기는 현도를 보며 걸왕은 새삼스럽다는 표정으로 말했다.

"그나저나 많이 늘었구만."

"그러게 말입니다. 정작 가장 많이 얻어가는 건 저인 듯합니다."

처음의 불명예스러운 깨달음이 아니더라도, 현도는 유연한 사고의 중요성과 무조건 본성을 억누르는 것만이 전부가 아님을 깨달은 뒤 여러모로 발전을 했다.

그 달라진 모습이 눈에 확연히 보일 정도였다.

걸왕은 왠지 심통이 나는지 투덜거렸다.

"난 잃은 게 많은데 말이야."

"하하……."

현도는 어색하게 웃음 지었다.

화경의 고수라는 자존심도 잃고 걸왕이라는 명예도 잃었다. 얻은 게 있다면…….

"그래도 오라버니는 얻으셨……."

고오오오!

걸왕으로부터 살기가 넘실대었다.

순간의 농담으로 인해 현도는 걸왕에게 목숨을 잃을 뻔했다.

사사삭!

순간적으로 잠을 자던 모든 이가 몸을 일으켜 각자의 병장기를 손에 쥐었다.

긴장감이 가득한 가운데 지독한 침묵이 방 안을 감돌았다.

숨소리조차 나지 않았다.

그렇게 얼마간의 시간이 지났다.

"아닌 것 같군."

지마가 조용히 입을 열자 방 안을 가득 채웠던 긴장감이 풀려나갔다.

"뭘까? 그 살기는."

인마가 무기를 거두며 물었지만 지마는 고개를 저었다.

"모르지."

"혹시 황금산이가 일을 그르친 것 아닌가?"

"아니, 그쪽은 내일 시도하기로 되어 있다. 미리 일을 저지를 리는 없어."

"그런데 갑자기 살기가 왜……."

자던 도중 느닷없이 막대한 살기가 쏟아져 나온 탓에 다들 긴장하고 있었던 것이다.

"잠깐?"

그때 지마가 귀를 기울였다.

바람결에 실려 무언가가 들려왔다.

"……."

"허어."

함께 귀를 기울였던 인마가 혀를 찼다.

"거지새끼라면?"

"저 장원에서 말하는 거지면 걸왕이겠지."

"그렇겠군. 그런데 당최 상황을 알 수가 없군."

"으음."

그들의 귓가에 들려온 것은 '이 거지새꺄, 잠이나 처자라!' 라는 외침과 북 치는 소리들이었다.

"걸왕이 미친 게 맞는 거 아닌가? 누님 새끼라니……."

"글쎄……."

"아우, 썅!"

장무위는 담을 넘어 도망가는 걸왕의 한마디를 듣고 열이 올라 있었다.

"그래도 누님이라고는 하셨잖습니까."

현도가 어색한 표정으로 그를 달랬다.

"아우, 저 거지새끼……. 누님 새끼라고 하고 튀다니!"

장무위가 못마땅하다는 듯이 혀를 찼다.

"여하간 도움이 안 돼요. 밥만 축내는 새끼."

"그러면 오질 못하게 하시면 되잖습니까."

"……."

현도의 말에 장무위가 잠시 머리를 긁적이더니 뒤돌아서

며 한마디 툭 던졌다.

"쯧. 빌어먹다 굶어 뒤져서 꿈자리 뒤숭숭할까 봐 그러지."

장무위는 그렇게 한마디 남기고 터덜터덜 걸음을 옮겼다.

그 뒷모습을 보며 현도는 헛웃음을 지었다.

"화경의 고수가 설마 굶어 죽겠습니까."

그의 중얼거림을 들었는지 장무위는 뒤돌아보지도 않고 손을 휘휘 저었다.

귀찮다는 듯.

쌓인 것은 미움만이 아니었다.

* * *

"빌어먹을. 빨리 일 치르고 돌아가든지 해야지, 이거 원."

황금산은 금색으로 빛나는 주판을 갈무리하면서 투덜거렸다.

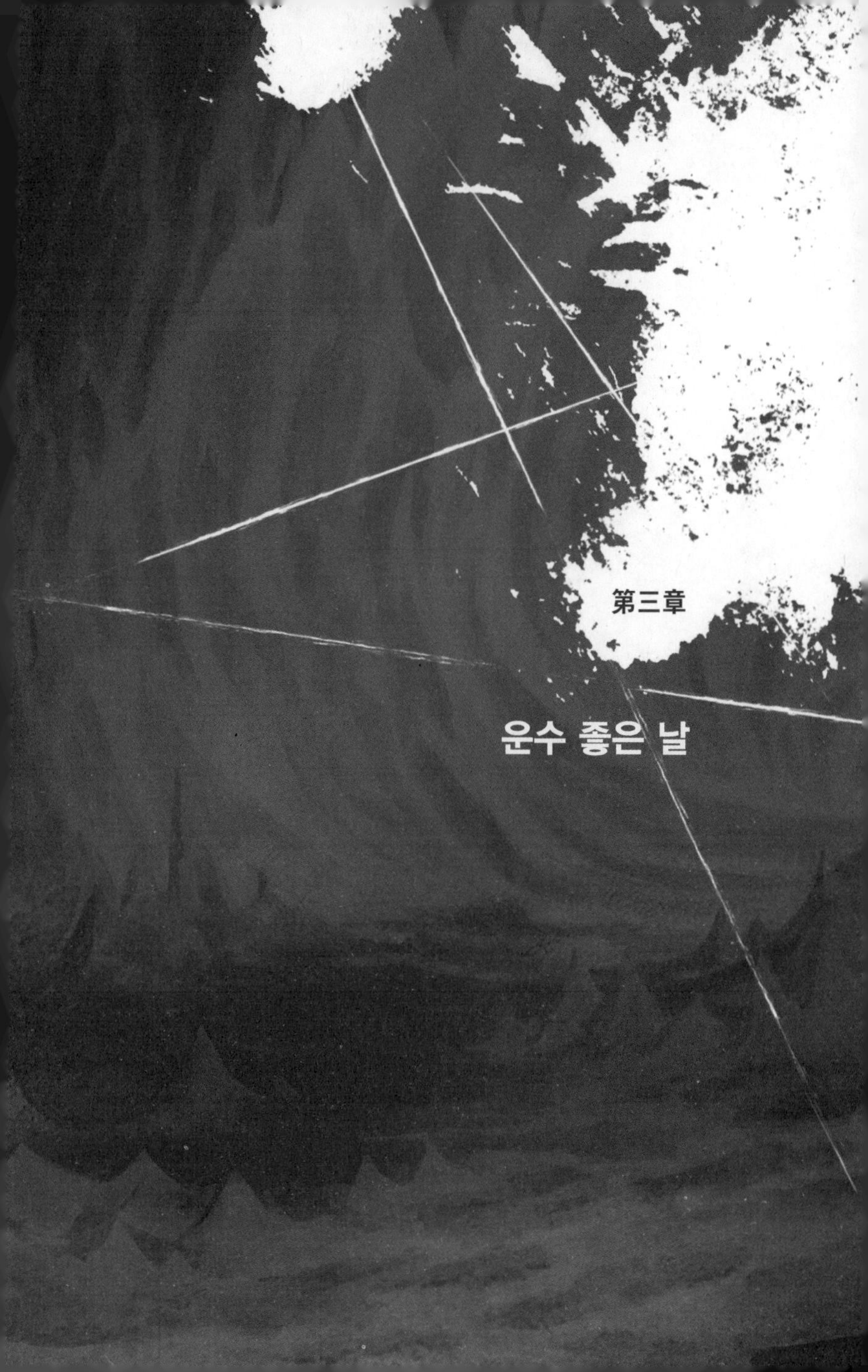

第三章

운수 좋은 날

"별일 없을까요?"

꺼내 들었던 독문병기를 다시 집어넣는 황금산을 향해 수하 중 하나가 걱정스러운 표정으로 질문을 던졌다.

"없어야지. 애초에 별일이 있으려면 벌써 있었을 것이다. 그리고 방금 듣지 않았는가?"

"누님 새끼 운운한 것 말입니까?"

느닷없이 강렬한 살기가 장원을 휘감는 바람에 모두가 긴장한 상황이었지만, 웃지 않고는 배길 수 없었는지 수하 중 하나가 피식거리며 대꾸했다. 황금산 역시 허탈한 웃음을 지었다.

"그래. 아무래도 여긴 생각했던 것 이상으로 웃긴 곳 같군. 은월들이 위지무 장로에게 똥개 훈련 받듯이 이리저리 소환당한 걸 조금은 이해할 수 있을 것 같아."

목표물인 장무위가 직접 자신들을 마중 나와서 넙죽거리며 돈을 벌어가는 모습이나 말로만 듣던 걸왕의 이상 행태를 목격하는 등, 무위장에 도착한 지 단 하루 동안에 벌어진 일만으로도 충분히 머리가 혼란스러웠다.

그나마 이전에 은월 칠 조가 고군분투하며 보내온 정보를 미리 보지 못했으면 더욱 적응하기 어려웠을 것이다.

"어쨌든 다시 자고 내일 움직이자고."

"내일 바로 말입니까?"

"괜히 시간을 끄는 것보다는 빨리 처리하는 게 좋겠지. 저쪽은 이미 준비를 마치고 들어온 상황이니 말이야."

"하긴, 싸락골 주변에 대기하고 있는 인원이 적지 않으니 오래 몸을 숨기기도 힘들겠지요."

동행한 은월이 동조하듯 말을 거들었다. 화경의 고수 둘 이상을 상대하기 위한 전력이다. 옆에 자리한 초옥에 묵고 있는 원로원 일행 외에도 상당수의 고수들이 동원되었다.

당연히 그 규모는 작지 않았다. 황금산이 고개를 끄덕였다.

"그래. 그리고 저쪽 집에 계시는 원로 분들도 몸을 숨기는 데는 그다지 익숙하지 않으시니 말이야."

"그럼 그렇게 전달해 놓겠습니다."

"그래, 그렇게 해."

안 그래도 적진이나 마찬가지인 곳에 들어온 터라 잠을 설치고 있던 참이었는데, 난데없이 쏟아진 살기로 졸음기가 싹 달아나 버린 황금산은 다시 자리에 누워 애써 잠을 청했다.

* * *

광개와 취면개가 투덜거리면서 언덕을 오르고 있었다. 다름 아닌 걸왕의 소환 명령 때문이었다.

전날 밤에 걸왕이 한바탕 날뛴 불똥이 그들에게 튄 것이다.

"젠장, 저번에 부른 지 며칠이나 됐다고……."

"그러게 말입니다."

개방의 최고수이자 태상장로라는 직함을 가진 걸왕의 부름을 받고 가는 것치고는 불손하기 그지없는 대화였다.

하지만 그들에게도 그들 나름대로의 고충이 있었다.

걸왕이 호출하는 날은 어떠한 형태로든 그가 장무위로부터 정신적, 혹은 육체적 고통을 당한 뒤였다. 그럴 때의 걸왕은 한눈에 봐도 알 수 있을 정도로 기분이 더러웠다.

걸왕은 장무위를 통해 쌓인 화를 이들에게 푸는 게 일상처럼 되어 버린 것이다. 그렇다고 걸왕이 대놓고 장무위를 들먹이면서 무어라 하는 것도 아니었다.

싸락골에 대한 일을 직접 챙긴다는 핑계로 그들이 해 놓은 일을 가지고 이런저런 간섭을 해 오는데, 잘 보면 단순히 꼬투리를 잡아 들들 볶는 것에 불과했다.

"빨리 가자고. 늦으면 더 고달파지니까."

"예."

"젠장, 이럴 거면 그냥 돌아가시지 왜 여기에 눌러앉아 계시는지……."

"그러게 말입니다."

무위장에 가까워질수록 그들의 발걸음은 점점 더 무거워졌다.

*　　*　　*

거지 하나가 당당한 걸음걸이로 다가와 움막의 거적을 휙 들쳤다.

"으하하! 분타주, 제가 오늘 한 건 했습니다요!"

거지는 호기롭게 움막 안으로 들어섰지만 거기에는 있어

야 할 이가 없었다.

"잉?"

황량한 움막 안을 둘러본 거지는 눈을 동그랗게 떴다. 평소라면 광개가 여기에서 뒹굴고 있어야만 했다. 그러나 지금은 광개는커녕 광개의 머리털 하나도 찾을 수가 없었다.

"야! 분타주 나가셨다!"

"어딜?"

뒤에서 들려온 목소리에 거지가 고개를 돌려 보니, 거지 하나가 이를 잡으며 근처에 앉아 있었다. 동료의 질문에 그 거지는 퉁명스럽게 대꾸했다.

"어디긴 어디겠냐?"

"설마…… 또?"

"그러게 말이다. 요즘 하루하루가 힘들어. 보나 마나 다녀오면 우리한테도 또 지랄할 텐데."

"에이씨! 오늘 고기 좀 가져와서 생색내려 했구만."

"고기? 어디 잔치 있었냐?"

"흐흐흐."

고기를 얻어왔다는 말에 이를 잡던 거지는 물론이고 거처 주변에 있던 다른 거지들도 눈을 동그랗게 뜨고 다가왔다.

자주 잔치를 벌이는 장무위 덕에 예전보다는 훨씬 많이

고기를 얻어먹기는 하지만, 매일 먹어도 지겹지 않고 또 모자란 게 고기다.

"으흐흐! 봐라!"

"이야!"

거지가 손에 든 쪽박에는 고기가 한가득 들어 있었다.

"이게 웬 거냐?"

"저번에 푸줏간 왕 씨네 일을 좀 도와줬더니, 오늘 답례로 이렇게 주더라고."

"아! 그 치매 걸린 노모 찾아준 거?"

"흐흐흐."

개방의 거지들은 협의를 숭상하는 개방답게 구걸만 하고 다니지 않는다. 구걸 이외에도 이따금 싸락골 사람들의 애로 사항을 들어주는 경우가 있었다.

그럴 때는 가끔이지만 이렇게 넉넉한 보답을 받아오기도 한다. 모여든 거지들을 보고 의기양양한 얼굴을 한 거지가 고기가 담긴 쪽박을 내려놓으며 큰소리쳤다.

"자! 오늘은 내가 쏜다!"

"먹자고! 어차피 분타주나 부분타주는 장원에서 얻어먹고 올 테니까 말이야."

"이거 참, 냄새가 사람 잡네그려."

순식간에 움막 주변은 잔칫상으로 변했다.

"자, 그럼 내가 나눠들 주……."

퍼억!

순간 쪽박이 박살 났다.

당연히 그 안에 든 고기도 허공으로 산산이 흩어져 내렸다.

붉디붉은 피와 함께.

"어……."

동료에게 건네주려고 큼직한 고기 토막을 집어든 거지는 멍한 표정으로 아래를 내려다보았다.

쪽박을 들고 있던 손에는 부서진 조각만이 들려 있었고, 즐거운 마음으로 가져왔던 고기는 땅바닥을 구르고 있었다.

그보다 더 눈길을 끄는 것은 명치께에 깊숙이 박혀 있는 단창이었다.

울컥하고 피가 목구멍을 역류하며 쏟아졌다.

"씨부랄! 습격이다!"

싸락골 분타의 개방도들이 다급히 고함을 지르며 여기저기서 타구봉을 집어 들었다.

사방에서 시끄러운 외침이 울려 퍼졌다. 그 소리가 귓가에 웅웅거렸다.

털푸덕.

단창에 명치를 관통당한 거지가 그대로 고꾸라졌다. 그는 그 순간에도 손에 든 고기를 놓지 못했다.

"아……."

엎어진 거지의 눈에 눈물이 맺혔다.

그의 동공에 비친 것은 흙바닥에 뒹굴고 있는 고기들이었다.

"아까운……."

깨진 쪽박을 놓은 손으로 안간힘을 써 눈앞에 뒹구는 고기를 붙잡았다.

"운수 좋은 날이었는데……."

양손에 고기를 집었건만 그는 결국 한 입도 먹지 못했다. 두 눈에서 눈물이 주르륵 흐르고 있었지만, 그는 더 이상 움직이지 못했다.

숨이 멈추었기 때문이었다.

"소란 피우지 말고 지워라."

단창을 든 무인들이 이리저리 날뛰는 싸락골 분타의 거지들을 도륙해 나갔다. 몇몇 거지들은 재빠르게 도주를 택했지만 그마저 포위를 뚫지 못했다.

그들이 정리되는 데 걸린 시간은 그야말로 한순간이었다.

"다 정리되었나?"

"전서구들은 모두 확보했습니다. 그런데 쓸 만한 문서는 그새 태워 없앴더군요."

"어쩔 수 없지."

혈기대 소속의 십이 개 혈기조 중 여섯 개의 혈기조가 동원된 일이었기에, 개방 싸락골 분타를 정리하는 데에는 차 한 잔을 마실 시간은커녕 숨 몇 번 들이쉴 시간도 걸리지 않았다.

그럼에도 그 사이에 주요 자료를 태워 버린 것이다. 물론 그 자료를 태운 거지는 지금 자료들과 함께 불에 타고 있었다.

"혈기 육 조는 잔당을 처리하고 나머지는 약속대로 진영을 구축해라. 방해되는 이가 있으면 즉각 처리해라."

"관이 움직일 수 있지 않겠습니까?"

"관은……."

혈기조원이 조심스럽게 묻자 보고를 받던 이가 천천히 입을 열었다.

"……무시한다."

그 말이 끝나기가 무섭게 혈기대원들이 일제히 복명했다.

"대주의 명을 받습니다."

각자의 위치로 흩어져 가는 이들을 보며 대주라 불린 이가 거지들의 주검을 둘러보았다.

"쯧, 거지들 따위에게 한 개 조가 당했다니. 씨를 말려 주지."

혈기대주는 천천히 검은색으로 물들인 철면을 입에 채우고 위장으로 입고 있던 옷을 치웠다.

그러자 핏빛이 서린 검은 무복이 나타났다.

전마성의 혈기대가 싸락골에 공식적으로 모습을 드러낸 것이다.

* * *

"그래, 날 보자고 했소?"

황금산이 영문을 모르겠다는 얼굴을 한 장무위에게 차를 따라 내밀었다.

"우선 차 한 잔 하시지요."

"아, 뭐……."

상대가 공손하게 나오자 장무위는 얼떨떨한 표정이면서도 일단 찻잔을 받아 들었다.

차를 한 모금씩 하고 난 뒤 황금산은 천천히 입을 열었다.

"장 대협을 모시기 위해 왔습니다."

"나를 말이오?"

장무위가 더욱 영문을 모르겠다는 표정을 지었다.

"그렇습니다."

황금산이 빙긋 웃으며 고갯짓을 했다.

그러자 수하 중 한 명이 보자기를 하나 밀었다.

보자기를 펼치니 그 안에서 고급스러운 상자가 나왔다. 황금산이 미소를 지으며 상자를 열었다.

"헛!"

방 안이 금빛으로 가득 찼다.

"이건?"

"귀인을 모시기 위한 성의입니다."

"으흐흐흐!"

장무위의 입가에 미소가 가득 담겼다.

황금을 보는 그의 눈은 어느새 흐리멍덩해져 있었다.

그 모습을 보며 황금산이 생각했다.

'역시 돈이야.'

* * *

광저가 호들갑을 떨며 막우에게 달려왔다.

"형님! 형님, 들으셨습니까!"

"뭐가?"

"중원 순회공연을 마친 환락 무희단이 이곳에 왔답니다!"

"오!"

순간 막우의 눈이 휘둥그렇게 떠졌다. 하지만 이내 헛기침을 하며 말했다.

"크흠. 그게 뭔 대수라고……."

"우리 장원에 묵는다던데요?"

"대수군……."

막우의 입가가 꿈틀거렸다.

아직 소문으로 들었을 뿐이지만, 그녀들의 춤사위는 호남 명물로 불리는 청월루의 홀딱 춤에 비할 바가 아니라 했다.

애써 참으려 했지만 입가를 비집고 새어 나오는 웃음을 막기는 어려웠다.

"어서 장주 형님께 이 희소식을 알려야……."

"아, 장주님은 지금 바쁘시다."

"네?"

광저가 멍한 표정으로 되묻자 막우가 슬쩍 시선을 돌리며 말했다.

"뭔가 거래가 있는 모양이다."

막우가 바라본 방향에는 엊그제 들어온 상단의 호위 무사들이 장무위의 방 앞에 도열해 있는 것이 보였다.

"그러면……."

광저가 어쩌냐는 듯 난처한 표정을 짓자 막우가 헛기침을 하며 말했다.

"큼. 어쩔 수 없이 무위장의 총관인 내가 맡아야 하지 않겠느냐."

"형님, 객잔에 대해서는 신경 쓰지 않는다고 하셨잖습니까?"

"장주님의 부재 시에는 어쩔 수 없이 나라도 움직여야지."

막우가 가슴을 탕탕 치며 말했다. 그런 막우를 광저는 게슴츠레한 눈으로 말없이 바라보았다.

"뭐 하냐? 안 가냐? 손님 기다리신다."

"히히, 가야죠!"

손님을 맞이하러 나가는 막우와 광저의 발걸음은 마치 깃털처럼 가벼웠다.

* * *

"전마성?"

순간 장무위의 얼굴이 살짝 일그러졌다.

"그렇습니다."

황금산이 음성을 낮추며 말했다.

장무위는 다시 눈앞의 황금을 바라보았다. 전마성과는 악연뿐이었다. 과거를 돌이켜 봐도 딱히 좋은 기억이 없었다.

"대협께서는 어차피 저희와는 구원이 없으시지 않습니까."

"……."

귀로는 황금산의 이야기가 들려오고 있었지만, 장무위의 눈은 한시도 황금에서 떠나가지 않았다.

그동안 장무위가 한 짓은 모두 개방이 한 것으로 알려져 있었다. 전마성도 그리 알고 제의를 한 것임을 알 수 있었다.

"장원이 마련된 지 얼마 되지도 않았는데……."

"제가 보기엔 이 장원은 대협께서 거하시기에는 너무도 좁습니다. 최소한 다섯 배는 되어야 하지 않겠습니까?"

"다섯 배?"

순간 장무위의 시선이 처음으로 황금에서 떨어져 나왔다. 살짝 놀란 장무위의 시선과 황금산의 의미심장한 시선이 마주쳤다.

"물론 제가 지어드리지요."

"……흐음."

장무위의 얼굴에 고민이 스쳐 지나갔다.

이제 좀 살아가는 맛을 들인 장무위에게 황금과 배 이상 커다란 장원은 지나치게 달콤한 유혹이었다.

"미인을 원하신다면 미인도 안겨 드리지요. 그것도……."

"그것도?"

"원하시는 만큼."

장무위의 얼굴에 함박웃음이 걸렸다. 그때 황금산이 마지막 한마디를 남겼다.

"결정은 지금 하셔야 합니다. 시간이 없으니까요."

순간 장무위의 얼굴에서 미소가 지워졌다.

고민할 시간을 주지 않겠다는 의도가 분명했다.

"원하는 건?"

"적이 되지만 않아도 충분하다고 봅니다."

황금산의 제의는 달콤했다.

그가 장무위에게 요구하는 것 역시 간단했다.

물론 황금산은 지금은 이렇게 간단한 조건을 내세우고 있어도, 장무위가 전마성으로 자리를 옮기면 언젠가는 전력이 될 수밖에 없다고 생각했다.

전마성으로 간다는 것은 정파와 척을 지는 행위이다.

그렇게 되면 지금과는 달리 전마성에서만 살아가야 하는 것이다. 그때 가서 다른 제의를 추가로 하면 된다.

물론 그때는 거절하지 못하도록 만들 자신이 있었다.

상대가 화경의 고수라도 말이다.

"왜 지금이지?"

"이곳에 있는 화경의 고수를 우리가 지워야 하기 때문입니다."

처음으로 황금산의 얼굴에서 미소가 사라졌다.

화경의 고수를 지운다는 말은 걸왕과 소요검선을 지우겠다는 의미였다. 그리고 대답 여하에 따라서는 이 제의를 듣게 된 장무위도 거기에 포함된다는 뜻이었다.

장무위의 표정이 약간 심각하게 변했다.

그도 바보가 아닌 이상 황금산의 제의가 어떤 것을 의미하는지 모를 리가 없었다.

그때 황금산이 다시 한마디 덧붙였다.

"걸왕과 소요검선을 상대할 준비는 이미 완벽하게 끝난 상황입니다. 하지만 우리 전마성은 대협과 같은 강자가 탐이 납니다. 어쩌시겠습니까."

이미 완벽한 포위망을 만들었다는 이야기였다.

그때 장무위 앞으로 또 하나의 상자가 놓였다.

그 안에서는 조금 전 보았던 것과 같은 양의 황금이 모습을 드러내었다.

"허어……."

혀를 찰 수밖에 없었다.

아무리 세상 물정 모르는 장무위라지만, 이 정도의 금이라면 싸락골은 물론이고 이 일대를 다 살 수도 있겠다는 것 정도는 어렵지 않게 짐작이 되었다.

어지간한 규모의 성도라면 아예 통째로 살 수 있는 양의 황금이었다. 입을 떡 벌리고 있는 장무위에게 황금산이 입을 열었다.

"이건 그 와중에 만에 하나라도 장원에 손상이 갈까 싶어 드리는 것입니다."

집수리비라고 내놓은 것이 이런 장원 수십 채는 지을 만한 자금이었다.

다른 이라면 대놓고 돈을 들이미는 게 역효과를 부를 가능성이 있기 때문에 이리저리 잴 필요가 있었다. 하지만 장무위라는 인간을 분석한 결과, 그에게는 오히려 머리를 쓰는 게 독이 된다고 판단했다.

정면승부. 그가 가장 좋아하는 것으로 빠르게 결정을 내리도록 하는 게 가장 올바른 방법이라 생각한 것이다.

타앙!

장무위가 바닥을 내리쳤다.

순간 황금산의 얼굴에 미미한 떨림이 왔다. 결정의 순간임을 짐작한 것이다.

"거하게 한잔해야 하지 않겠는가?"

장무위가 환하게 웃었다.

황금산도 웃었다.

장무위가 소리 높여 외쳤다.

"막우야! 광저야! 상 좀 차려라!"

들려오는 대답은 없었다.

* * *

"늬들 말이야, 항상 행실이 그러니 애들이 배우는 게 그 따위 아니냔 말이다!"

"끄응, 끙."

"어구구!"

걸왕이 뒷짐을 지고 잔소리를 해 대고 있었고 그 앞에 광개와 취면개가 머리를 땅바닥에 박고 있었다. 물론 손은 땅바닥에 대지 않고 포권을 한 채로 머리와 다리만으로 몸을 지탱하고 있었다.

등에는 어디서 구해 왔는지 성인 몸통만 한 바위가 얹혀 있었다.

둘은 속으로 걸왕과 장무위를 동시에 욕하였다.

"내가 말이야, 거지로서…… 응?"

계속 훈계를 늘어놓던 걸왕이 코를 벌름거렸다.

향기로운 냄새가 장원을 진동했기 때문이었다.

"이거 참, 뭔 일이라도 있나?"

장원을 감싸고 흐르는 음식 냄새가 벌써부터 걸왕의 입안에 침이 고이게 만들었다.

"흐흐. 그래, 이런 날도 있어야지."

걸왕의 입가가 함지박만 하게 벌어졌고 광개와 취면개는 속으로 안도의 숨을 쉬었다.

지금 걸왕의 분위기로 보아 오늘의 괴롭힘은 여기서 끝이 날 것 같았기 때문이었다.

'운이 좋구나, 오늘은…….'

취면개도 음식 냄새를 맡으며 갈 때 한 보따리 싸 가야겠다고 생각했다.

*　　*　　*

각각 한쪽 눈에 멍이 든 막우와 광저가 수하들을 부리며 잔칫상을 나르고 있었다.

느닷없이 상을 차리라는 장무위의 명이었는데도 송화는

익숙한 듯 음식을 만들고 있었고, 막우와 광저는 한 대 얻어맞은 후 더 빠릿빠릿하게 움직이고 있었다.

"광저야."

"예! 장주 형님!"

"그 처자들도 이야기 다 됐겠지?"

"흐흐! 걱정 마십시오. 이미 준비 끝났습니다요. 상 펼치고 바로 보실 수 있을 겁니다."

"그래. 그리고 막우야."

"예! 장주님."

"상 잘 차려라. 너만 믿는다."

"걱정 마십시오!"

막우가 허리를 직각으로 꺾으며 대답했다.

"참, 소요는 어디 갔냐?"

"낚시하러 갔습니다요."

"……낚시라."

순간 장무위의 표정이 미묘하게 변했다. 그의 표정 변화를 본 막우가 조심스럽게 말했다.

"강한 분이잖습니까."

"뭐, 어차피 자기 밥그릇은 자기가 지켜야지. 그게 생명줄이든……."

약간은 망설임이 섞인 음성이었지만 내용은 냉정하기 그

지없었다.

“그럼 난 손님 맞으러 간다.”

“알겠습니다.”

멀어져 가는 장무위를 보며 광저가 조심스럽게 입을 열었다.

“이게 잘하는 건지 모르겠습니다요.”

광저의 말에 막우가 약간은 착잡한 표정으로 대답했다.

“아까 장주님 이야기 들었잖냐. 선택지는 없다고.”

“예.”

막우가 얼굴을 굳히며 광저에게 말했다.

“준비에 소홀함이 있으면 안 된다. 알았지?”

“예.”

광저가 긴장을 지우지 못한 얼굴로 대답했다. 광저가 바삐 움직이는 모습을 보며 막우가 살짝 한숨을 내쉬었다.

“어쩌다 이렇게까지 왔는지 모르겠다. 차라리 흑도 때가 마음은 편했는데…….”

심경이 복잡한 막우였다.

막우와 광저가 사라지고 난 뒤, 음식을 내오던 송화가 인상을 찌푸렸다.

“뭘 시간을 주고 일을 시키든지 해야지, 이건 뭐 맨

날……."

불만은 가득했지만 그 불만을 들어줄 이는 없었다.

"또 춤추는 여자들 보러 갔나? 그나마 미리 알았으니 다행이지, 하마터면 만덕이랑 소화가 못 볼 꼴 볼 뻔했네."

장무위의 악영향으로 쥐똥만 한 게 벌써부터 발랑 까지기 시작했다. 이럴 때 확실하게 다잡아야 하기 때문에 송화는 두 동생에게 일찌감치 심부름을 시켜서 내보내 버렸다.

한숨을 쉰 송화가 음식을 상 위에 내려놓고 다시 부엌으로 들어갔다.

스으윽.

송화가 부엌으로 들어가자 기둥 사이에서 한 남자가 모습을 나타냈다.

황금산의 수하로 따라왔던 은월이었다.

"대비는 해야겠지."

조용히 중얼거린 그는 무언가를 음식에 뿌렸다. 그러고는 다시 사라졌다.

第四章

함정

둥따당 둥땅~

악공들이 현을 튕기며 음률을 쏟아 내자 그에 맞추어 무녀들이 일제히 마당으로 쏟아져 나왔다.

"캬! 좋구나!"

장무위의 입에서 탄성이 흘러나왔다.

무녀들은 하나같이 아름다웠으며 몸매가 호리병처럼 잘 빠져 있었다.

짙은 화장은 천박하다고 느껴지기보단 심장을 쥐었다 폈다 할 정도로 뇌쇄적이기까지 했다.

"역시 환락 무희단!"

이 자리를 만든 막우와 광저 역시 입이 딱 벌어지기는 마찬가지였다. 심지어 광저는 그 자극이 강했는지 엉거주춤한 자세로 서 있었다.

"어흐으!"

"어떻소, 우리가 준비한 연회가!"

"……."

헤벌쭉한 웃음을 띠며 말을 걸어오는 장무위에게 황금산은 어이없는 시선을 보내었다.

'조금의 고민도 없다니…….'

한동안 함께 생활했음이 분명한 걸왕과 소요검선을 등지라는 권유에도 불구하고 장무위는 그가 내민 손을 잡았다.

아니, 잡은 것도 모자라 그 짧은 시간에 이런 연회 자리까지 만들었다.

잠시 시간을 달라 해서 줬더니만, 그 시간은 고민을 위한 시간이 아니라 이 자리를 기념할 준비를 하기 위한 시간이었던 것이다.

"이거 황홀하군요. 하하하."

황금산은 기가 찬 속내를 감추고 너털웃음을 터트렸다. 그러고는 다시 장내를 바라보았다.

'내가 환희음마 궁주의 환락무를 구경할 날이 올 줄이야…….'

황금산의 눈길은 무녀들 한가운데에서 춤사위를 펼치고 있는 여인에게 향하고 있었다.

서른 중반쯤 되어 보이는 그녀는 원숙한 아름다움과 뇌쇄적인 관능미를 뿜어내고 있었다. 그녀의 정체는 바로 전마성의 환요궁 궁주였다.

전마성에는 휘하 단체이기는 하지만 직속이라고 보기 어려운 단체가 셋 있었다.

그중 하나가 바로 환요궁이었다.

그리고 나머지가 천혈마궁과 무유마궁이었다.

천혈마궁은 그야말로 피에 미친 자들이 더 많은 피를 갈구하는 곳이었다. 전마성 내에서도 그다지 왕래가 없었다.

그들이 쓰는 무공이 전부 피에 연원을 둔 탓에 그 연공방식에는 모두 피가 들어간다. 물론 아프지 않게 여러 사람들에게 조금씩 뽑아 모은 피를 쓰는 것이 아니다.

납치해 온 양민들을 제물 삼아 연공에 쓴다는 것은 공공연한 비밀이다.

이런 특성 때문에 마인들의 요람인 전마성에서도 그들을 그리 좋은 시선으로 바라보지는 않았다.

광혈마가 바로 천혈마궁의 전대 고수였다.

보통 천혈마궁의 무인들은 원로원으로 들어가기가 어려웠다. 피를 갈구하는 무공의 특성상 혈기가 골수에 사무쳐

일정 수위에 올라가면 스스로 폭주하기 때문이었다.

그렇게 되면 천혈마궁에서는 그런 고수를 제압하여 또 다른 제물로 쓴다.

비정하지만 그것이 천혈마궁의 법칙이었다.

그 법칙에서 최초로 벗어난 이가 바로 인마와 지마가 싸락골로 데려온 광혈마였다.

밖으로는 알려지지 않았지만 천혈마궁 최초의 화경 고수가 바로 그였다.

광혈마가 폭주했을 때, 천혈마궁에서는 그의 광기를 제압하지 못한 탓에 무수한 고수들의 희생을 불렀다. 그러나 다행히 그가 스스로 혈기를 제어하게 되면서 천혈마궁 출신 중에서는 처음으로 원로원에 들어가게 된 것이다.

그러나 그것도 완벽하지가 않아 전투에 들어가게 되면 통제 불능의 상태에 빠져 버린다.

화경의 고수가 통제 불능이 되어 버린다는 것은 그야말로 재앙이나 마찬가지다.

그리고 마지막 무유마궁은 진법과 주술에 통달한 집단이었다. 강시부터 시작해서 온갖 약물로 신체를 강화시키는 등의 사이한 대법까지 모조리 연구하는 곳이었다.

이 두 곳에 비하면 환요궁에 대한 시선은 조금 나았다. 여인들이 모인 곳이었기 때문이었다.

다만 이들은 그 연공 방식이 무인의 이지를 현혹하여 흡수하는 방식이기 때문에, 마찬가지로 대다수의 무인들이 꺼리는 단체였다.

이들 세 단체는 이전 정마 대전에서 전면적으로 나서지는 않고 암암리에 지원을 해 왔었다.

이들이 전면에 나서지 않은 것은 세간의 평 때문이었다.

이런 성향을 가진 전마성이 강호를 장악한다면 그 반발이 적지 않을 것이 분명하였기에 외부로 모습을 많이 드러내지 않았던 것이다.

그런 곳 중 하나가 바로 여기, 싸락골을 찾아왔다.

그것도 궁주인 환희음마가 직접 말이다.

"오호! 저 처자가 당신이 마음에라도 들었는가 보오!"

황금산과 눈이 마주친 환희음마가 한쪽 눈을 찡긋했는데 장무위가 그것을 또 보았나 보다.

호들갑을 떠는 장무위를 보며 황금산은 어색하게 웃었다.

"하, 하하하. 그러게 말입니다."

애써 웃음 짓는 황금산의 귓가에 환희음마의 전음이 울려왔다.

[즐거워 보이는구나?]

[오, 오랜만입니다. 일이 잘되고 있었는데 왜 굳이…….]

[재미있잖니?]

귓가에 들려온 전음에 황금산은 한숨을 삼켰다.

사실 장무위가 제안을 거절할 때를 대비하여 준비한 패가 바로 그녀였다. 그런데 이렇게 버젓이 장무위 앞에 모습을 드러내고, 심지어 장무위가 그녀들을 아예 연회 자리로 끌어들였을 줄은 꿈에도 몰랐던 것이다.

황금산은 잠시 고개를 돌려 장무위를 바라보았다.

침을 흘리며 그녀들의 춤사위를 바라보는 그 옆얼굴을 보고 있자니 강한 불신감이 밀려왔다.

'꼭 이런 인간을 끌어들여야 하는 건가.'

그런 생각을 하고 있자니 장무위라면 아마 환요궁 옆에다 장원을 지어달라고 할지도 모른다는 생각이 들었다.

황금산은 다시 그녀들의 열띤 춤을 보며 어이없는 웃음을 흘렸다.

'아예 다 끌어들여라. 누가 보면 여기가 전마성 싸락골 분타인 줄 알겠다.'

원로원의 고수는 옆집에 단체로 묵고 있었고, 자신은 여기 별채에 있다. 게다가 환요궁 역시 이곳에 있으니 가히 전마성 싸락골 분타라 해도 과언이 아니었다.

"우후훗!"

환요궁주 환희음마는 춤을 추면서 재미있다는 시선을 보내었다.

화경의 경지로 의심되는 고수가 여자라면 사족을 못 쓴다는 말에 지원 수하들을 이끌고 이곳에 왔다. 아니나 다를까 싸락골에 오자마자 광저란 놈이 자신들을 이곳으로 거의 모셔 오다시피 데려왔다.

어떻게 이곳으로 와야 하나 고민했는데 그런 고민을 할 필요조차 없었다.

사실 그녀가 노리는 것은 장무위의 내력이었다.

그녀 혼자라면 화경의 고수를 요리하는 게 어려울 수도 있으나 그녀의 제자들과 함께라면 충분했다. 널리 알려지지 않은 사실이지만 세외의 고수 중 화경에 이르렀다는 혈랑대제를 그녀들이 제압한 적도 있었다.

그 덕에 많은 내력의 증진이 있어 환희음마는 현재 화경을 목전에 두고 있었다. 그런 중요한 시점에 이런 제물이 나타나니 그녀 입장에서는 그저 장무위가 반항해 주길 바랄 뿐이었다.

그런데 지금 행동을 보니 굳이 제압하지 않더라도 충분히 내력을 뽑아 먹을 수 있어 보였다.

전마성으로 가기만 하면 알아서 찾아올 위인으로 보였던 것이다.

즐거운 상상을 하는 그녀와 제자들의 춤사위는 점점 절정으로 향하고 있었다.

"오! 이제야 나오는구나!"

춤이 절정으로 오를 때 음식이 나왔다.

장무위는 황금산을 보며 헤죽 웃었다.

"이런 자리에 술이 빠지면 안 되지 않겠소?"

김이 모락모락 피어오르는 음식이 황금산과 장무위 앞에 놓였다.

[산공독을 섞었습니다.]

황금산은 귓가에 울려오는 전음을 들으며 입가에 웃음을 머금었다.

"이런 음식까지 준비하시다니 몸 둘 바를 모르겠습니다."

"아이, 뭘 그런 소릴."

장무위가 히죽 웃으며 손사래를 쳤다.

그렇게 대화를 나누는 사이에도 전음이 계속 들려왔다.

[놈이 이 음식만 먹으면 만에 하나의 경우도 없는 것입니다.]

[그래, 그래야지.]

황금산이 웃으며 말했다.

"객으로서 제가 한잔 따라 올리겠습니다."

황금산이 술병을 들고 장무위에게 다가갔다.

* * *

"영 신통치 않은걸."

소요검선이 잡어만 가득한 낚시 바구니를 바라보며 한숨을 내쉬었다.

"뭐, 오늘만 날이 아니니 상관없지 않은가."

너털웃음을 지은 소요검선이 발걸음을 옮겼다. 그러나 그의 발걸음은 오래가지 않아 멈추었다.

평화롭던 미소 역시 사라져 있었다.

"나오너라."

평소 인자하던 음성과는 달랐다.

그다지 높지는 않았지만, 듣는 이로 하여금 충분히 위압감을 느끼게 하는 목소리였다.

"클, 오랜만이외다."

소요검선의 부름에 응답하며 누군가가 천천히 걸어 나왔다.

"허어……."

누군가 숨어 있는 것을 느꼈기에 좋은 의도를 가진 이는 아니리라 짐작했지만, 설마 그일 줄은 몰랐다.

"지마?"

전마성의 일원인 지마가 나올 줄은 말이다.

"오랜만이구려. 간만에 봐서 그런지 얼굴에 난 상처가 유난히 간지럽소."

지마가 웃음을 짓자 그의 볼에 길게 난 자상이 따라서 꿈틀거렸다.

"여긴 어쩐 일인가."

소요검선이 신중한 음색으로 질문을 던지자 지마가 천천히 검을 뽑아 들며 대답했다.

"왜겠소."

스르릉, 하는 쇳소리와 함께 그의 검이 뽑혀 나왔다.

"허허. 감당이 되겠는가?"

소요검선은 여전히 사람 좋아 보이는 미소를 짓고 있었지만, 그의 형형한 눈빛은 이미 어떠한 이도 맞을 준비가 되어 있음을 말하고 있었다.

"도움을 받으면 어렵지 않으리라 보오만."

지마 뒤로 여섯 명의 노고수들이 함께 걸어 나왔다. 하나같이 만만치 않아 보이는 모습이었다.

"원로원인가?"

소요검선의 얼굴이 점차 굳어졌다.

상대방의 전력이 생각보다 강하다고 판단했기 때문이었다.

"원로원쯤은 되어야 그대와 어울릴 만하지 않겠소이까?"

이어서 뒤로 핏빛이 서린 검은 복장의 무인들이 빼곡하게 나타났다.

"혈기대……."

"화경의 고수를 맞이하는데, 이 정도 성의는 당연한 것 아니겠소?"

"성의라. 그렇군. 허허허."

소요검선이 너털웃음을 흘렸다.

그러자 검붉은 복장의 무인들 중 하나가 앞으로 나서며 입을 열었다.

"걱정 마시오, 영감. 손녀는 우리가 잘 보살필 테니."

순간 소요검선의 눈가가 꿈틀거렸다.

"쯧, 쓸데없는 소릴 하는구나. 이래서야 제대로 싸울 만하겠느냐?"

지마가 환하게 웃었다.

그 미소를 보며 소요검선이 검을 뽑아 들었다.

그리고 묵직한 음성을 내뱉었다.

"오너라."

*　　*　　*

송화가 따로 챙긴 음식을 보따리에 싸서 걸왕에게 건네주었다.

"이거 가져가서 아저씨들이랑 드세요."

"크흠. 뭐 이런 걸 다."

말은 그렇게 하면서도 걸왕은 송화가 건네준 음식 보따리를 사양하지 않고 받아 챙겼다. 걸왕뿐 아니라 싸락골 분타 식구들 것까지 넉넉하게 챙겼는지 보따리가 꽤 컸다.

그동안 송화는 싸락골 개방 분타의 거지들에게 많은 도움을 받았다. 특히 장무위가 일인극을 할 때, 거지들이 적극적으로 사방에 알려준 덕에 손님들이 몰려와 그 옆에서 음식을 팔던 송화도 넉넉하게 수입을 얻을 수 있었다.

그때의 고마움을 기억하고 있는 송화는 때때로 장무위가 음식을 거하게 차리라고 하면 일부러 넉넉하게 만들어서 거지들에게 나눠 주곤 했다.

이렇게 한다 해서 자기 돈 드는 것도 아니고, 또 장무위 역시 그녀가 넉넉하게 음식을 해서 거지들에게 주는 것을 만류하지 않았다.

오히려 이런 날도 있어야 거지 짓도 할 만하다며 송화의 마음을 편하게 해 주었다.

넉넉해진 음식 때문인지 보따리를 받은 걸왕과 광개, 그리고 취면개의 표정이 매우 밝았다.

물론 광개와 취면개는 이 음식 덕분에 더 이상 걸왕에게 괴롭힘을 당하지 않게 되어서 좋은 것이기도 했다.

"그리고 이것도요."

송화가 따로 내민 것은 작은 술독이었다. 그것을 받아 든 걸왕의 입이 함지박만 하게 벌어졌다.

"크흘흘, 역시 이 집에서 사람다운 건 너밖에 없구나!"

"뭘요. 음식 식기 전에 가져가서 드세요."

"오냐!"

걸왕은 만족스러운 표정으로 장원 아래로 발걸음을 돌렸다.

걸왕의 부름에 죽을상을 하고 올라왔던 것과는 다르게 내려가는 발걸음은 더없이 경쾌했다.

따듯하고 고소한 향이 나는 음식과 더불어 송화가 챙겨 준 술독이 그들의 마음을 가벼이 해 주었기 때문이었다.

그때 멀리서 음악 소리가 들려왔다.

장원 방향이었다.

"쯧. 아주 주지육림에 빠져 살아라."

멀리서 들려오는 가락에 잠시 뒤를 돌아본 걸왕은 못마땅한 표정을 지었다. 그러고는 멈추었던 걸음을 다시 옮기기 시작했다. 하지만 그 걸음은 얼마 가지 않아 또 멈추었다.

"왜 그러십니까?"

취면개가 불안한 시선으로 걸왕을 바라보았다. 그들 입장에서는 가능한 한 걸왕이 장무위와 안 엮이는 게 편했다. 함께 있으면 꼭 사달이 나는 게 걸왕과 장무위의 관계였다.

조마조마한 얼굴의 취면개와는 달리, 광개는 걸왕의 얼굴을 살피며 조용히 하라는 손짓을 했다.

"……."

멈추어 선 걸왕이 장원을 말없이 바라보고 있었다.

정확히는 장원에서 들려오는 가락을 듣고 있었는데, 상당히 미묘한 표정이었다. 좋은지 나쁜지 알 수가 없는 얼굴이었지만 굳이 따지자면 그다지 좋은 쪽은 아니었다.

걸왕의 표정이 살짝 굳어 있었기 때문이었다.

광개가 조심스럽게 물었다.

"무슨 문제라도 있습니까?"

"으음."

광개의 질문에 걸왕은 긍정도 부정도 아닌 모호한 신음

을 흘렸다. 취면개는 영문도 모르는 채 그저 조금씩 식어가는 음식을 들고 어정쩡하게 서 있을 뿐이었다.

"가락이 묘하구나."

"저쪽에서 들려오는 음악 말입니까?"

광개가 조심스럽게 묻자 걸왕이 고개를 끄덕였다. 취면개는 그들의 대화를 듣고 귀를 기울여 보았지만 워낙 멀리 떨어졌기에 제대로 음악 소리를 들을 수 없었다.

그저 '장원에서 잔치가 벌어졌구나.' 하고 어렴풋이 짐작할 수 있을 정도였다.

전형적인 고수와 하수의 차이였다.

"가락이 사이하구나."

걸왕이 단정 짓듯 말하자 광개의 표정이 살짝 굳어졌다.

가락이 사이하다는 것은 평소에 벌이는 단순한 잔치가 아니라 뭔가 문제가 있다는 뜻이었다. 광개가 고개를 돌려 취면개를 바라보자 그가 얼떨떨한 표정으로 대답했다.

"오늘 외부에서 무희들이 들어오기는 했습니다. 중원을 돌다가 온 패거리라 하는데 꽤 고급 기녀들이 섞인 무희단이라 들었습니다."

취면개의 설명을 한 귀로 듣던 걸왕이 다시 발걸음을 옮겼다. 그러나 그 걸음은 내려가는 쪽이 아니라 장원 쪽을 향하고 있었다.

"가 봐야겠구나."

장무위란 인간이 워낙 강하니 별일은 없겠지만, 왠지 음률에 실려 오는 미미한 사이함이 마음에 걸린 것이다.

그러나 그 걸음조차 다시 멈추어야만 했다.

"허……."

걸왕이 혀를 차며 주변을 돌아보았다. 그러자 광개와 취면개가 긴장하기 시작했다.

자신들은 아무것도 느끼지 못하고 있지만 걸왕의 행동을 봐선 뭔가가 있다는 것을 알 수 있었기 때문이었다.

주변을 돌아본 걸왕의 얼굴이 살짝 일그러졌다.

"진법이구나."

"예?"

"진법이라니요!"

걸왕의 말에 광개와 취면개가 소스라치게 놀랐다.

"역시 걸왕인가?"

그때 수풀 속에서 한 무리의 노인들이 등장했다.

"어, 언제……?"

광개가 놀란 눈으로 그들을 바라보았다.

지척에 있었음에도 기척을 눈치채지 못했던 것이다. 아니, 자신은 그렇다 쳐도 걸왕까지 늦게 알아차릴 정도라면 심각한 일이다.

"그래도 화경은 화경인지라 완벽히 눈을 가리지는 못하는군."

"그래도 이 정도면 소기의 목적은 달성한 것 아니겠습니까?"

나타난 불청객들이 저희들끼리 두런두런 이야기를 나누는 모습을 지켜보던 걸왕의 눈가가 꿈틀거렸다. 눈에 익은 자들이었다.

"전마성이 미쳤구나. 여기까지 기어들어 오다니."

걸왕의 말이 아니었어도 광개와 취면개는 그들의 용모를 보고 정체를 어느 정도 파악할 수 있었다. 취면개가 믿어지지 않는다는 표정으로 입을 열었다.

"인마와 가불……. 전마성 원로원 고수들이 왜 여기에……."

선두에 나타난 것은 인마였고 그 뒤로 얼굴을 보인 것은 가불을 비롯한 원로원의 고수들이었다.

"왜 왔겠는가?"

가불이라 불린 이가 인마의 곁으로 나오며 물었다. 살기 섞인 미소를 머금고 있는 그의 질문에 대한 답은 그렇게 예상하기 어렵지 않았다.

걸왕을 노리고 온 것이리라.

하지만 걸왕은 일부러 달리 표현하였다.

"이승에 미련이 없어서 왔겠지."

걸왕이 싸늘한 음성을 내뱉으며 주먹을 말아 쥐었다.

순간 걸왕의 뒤에서 뭔가가 하늘로 솟구쳤다.

피이이익! 파앙!

피리소리처럼 길게 소성을 울리며 올라간 그것이 이내 터지면서 하늘에 적색 불꽃을 만들어 내었다. 작지만 대낮에도 충분히 볼 수 있는 불꽃이었다.

취면개가 함정에 빠진 것을 감지하자마자 쏘아 올린 것이었다. 하지만 인마와 가불 등 전마성 원로원 고수들은 미동도 하지 않았다.

대신 가불이 차가운 미소를 지으며 말했다.

"그걸 볼 놈들이 살아남아 있겠느냐?"

"빌어먹을……."

가불의 말에 취면개와 광개의 얼굴이 일그러졌다. 싸락골 분타의 인원은 거의가 이류 남짓한 이들이었다.

이들 중 한 명만 있더라도 전멸을 금치 못할 것이라는 것쯤은 어렵지 않게 예상할 수 있었다.

그들이 당했다면 아마 분타에 준비된 전서구도 기대할 수 없을 것이다. 그러나 그런 간단한 사실보다도 먼저 떠오른 것은 분타에 있었을 거지들의 얼굴이었다. 함께 동고동락했던 이들이다.

광개와 취면개의 얼굴 위로 울분이 차올랐다.

비명에 갔을 수하들을 생각하니 분노가 치솟은 것이다.

"클……."

한 줄기 웃음이 새어 나왔다.

걸왕이었다.

그의 입에서 새어 나온 것은 분명 웃음이었지만, 그의 얼굴은 마치 야차와 같이 변해 있었다. 동시에 붉은 기운이 걸왕의 온몸에서 아지랑이처럼 피어올랐다.

이윽고 붉디붉은 용의 형상이 걸왕의 등 뒤로 형체를 잡아가기 시작했다. 그러자 느긋하게 보이던 전마성 고수들의 표정이 딱딱하게 굳었다.

비록 그를 잡기 위한 준비를 해 왔다고는 하지만 상대는 화경의 고수다. 게다가 화경의 고수 중에서도 정파라는 이름에 걸맞지 않게 잔혹하다는 평을 받고 있는 걸왕의 혈룡기였다.

그런 그가 기운을 끌어 올리는 모습에 긴장을 하지 않는다면 거짓이었다.

동시에 사방에서 검붉은 복장의 무인들이 나타났다.

혈기대였다.

"혈기대까지……."

광개의 얼굴이 살짝 어두워졌다.

당장 눈에 보이는 정도만 세어 봐도 한두 개 조 수준의 규모가 아니었다. 머릿수가 적지 않은 것으로 보아 혈기대 전력의 상당수가 모인 듯했다.

걸왕이 주먹을 쥐자 혈룡들이 두 주먹으로 모여들었다.

"클클. 한 줌 혈수로 만들어 주마."

동시에 걸왕의 신형이 전면으로 튀어 나갔다.

"걸왕이 온다!"

붉은 유성처럼 쏘아져 가는 걸왕을 향해 혈기들이 피에 굶주린 까마귀 떼처럼 달려들기 시작했다.

* * *

"꽤 도움이 되었나 보구나."

현도는 청 자 배 제자들을 바라보며 흐뭇한 표정을 지었다. 장무위의 배려를 빙자한 거래로 냉찜질방에서 수련을 한 덕분에 청 자 배 제자들의 내력이 눈에 띄게 좋아졌기 때문이었다.

"생각보다 정말 효과가 좋습니다. 이런 보물로 만든 게 겨우 냉찜질방이라니, 정말……."

청수가 뒷말을 삼켰다.

여기서는 낮말이나 밤말을 쥐나 새가 아닌 장무위가 듣

는다는 것을 잘 알기 때문이었다.

"그 양반이니까."

현도가 쓰디쓴 웃음을 머금었다.

머리로는 사고방식이 다르다는 것을 알면서도 완전히 적응하기는 힘들었다.

그때 현도의 얼굴이 살짝 굳어졌다.

"왜 그러십……."

청운이 조심스럽게 입을 열었지만 현도가 손을 들어 제지했다. 그리고 눈을 감고 가만히 귀를 기울였다. 갑자기 조용해진 방 안으로 바깥의 음률이 흘러들어 왔다.

"이건……."

눈을 부릅뜬 현도의 얼굴이 심각해져 있었다. 그런 현도에게 청운이 조심스럽게 입을 열었다.

"이거 분명 아까 광저가 끌고 온 무희들입니다."

"음에 실린 기운이 사이하다."

"사이하다니요?"

청풍이 반문하였지만 현도는 대답 대신 자신의 검을 챙기고 일어섰다. 청 자 배 제자들 역시 반사적으로 자신의 검을 챙기며 일어섰다.

"무슨 일인지 한번 알아봐야겠구나. 단단히 채비해라."

현도가 말을 내뱉으며 천천히 문을 열었다.

덜컹.

밖으로 걸어 나온 그들 앞으로 여러 개의 그림자가 드리워졌다.

그 그림자들을 향해 현도가 입을 열었다.

"그대들은 누구인가."

第五章

잔치는 시작되고

"하하하!"

"하하하하……."

따스한 음식이 모락모락 김을 피워 올리고 있는 가운데 웃음꽃이 피어나고 있었다.

"하하하핫!"

"하하하……."

하지만 아무도 음식에 손을 대고 있지 않았다. 황금산은 겉으로는 태연하게 웃음을 흘리면서도 장무위를 살폈다.

'설마 눈치챈 건…….'

이런 황금산의 기색을 읽었는지 은월로부터 전음이 전달

되어 왔다.

[눈치챌 리 없습니다. 분명 아무도 없을 때 약을 탔습니다. 게다가 우리가 쓴 군자산은 무색무취무미입니다. 절대 알아차릴 리가 없습니다.]

[그것은 알지만 지금 음식에 전혀 손을 대지 않고 있잖은가.]

[그건…….]

그렇게 전음이 오가는 사이, 장무위가 고개를 갸웃하면서 입을 열었다.

"아니, 음식이 마음에 안 드시오?"

"아, 아닙니다. 어찌 객이 음식에 손을 먼저 대겠습니까."

순간 장무위의 얼굴이 살짝 굳어졌다.

그러더니 고개를 돌려 광저를 바라보며 호통을 쳤다.

"이 자식! 내 철저히 준비하라 했잖아!"

"그, 그게…… 음식이 마음에 안 드시나 봅니다."

"이걸 확!"

광저에게 성을 내는 장무위의 모습을 본 은월이 재빨리 전음을 날렸다.

[아무거나 한 입 드시지요. 약간 영향은 있겠지만 우리는 먼저 해약을 먹었으니 크게 부담은 없을 겁니다.]

[아무래도 그래야겠다.]

황금산은 젓가락을 집어 들며 장무위를 만류했다.

"하하, 음식이 마음에 들지 않다니요. 그건 아닙니다. 객으로 앉아 있는 입장에서 주인보다 먼저 음식을 먹는 것은 예의가 아니라 생각했을 뿐입니다."

황금산의 너스레에 장무위가 활짝 웃으며 말했다.

"뭘 또. 우리가 남이오?"

"아! 하핫! 그것 또 그렇습니다!"

황금산은 크게 웃음을 터트리며 음식을 집어 들었다. 그리고 수하들에게도 말했다.

"이처럼 우리를 위해 음식을 장만하셨는데 어찌 보고만 있을 수 있겠느냐. 모두 들도록 하거라."

"예, 대인. 무위장주님, 감사히 먹겠습니다."

황금산의 말이 떨어지자 호위 무사들이 저마다 음식을 집어 들었다. 황금산과 호위들이 음식을 들기 시작하자 장무위가 그 모습을 흐뭇하게 바라보았다.

"정성껏 준비한 음식이니 맘껏 드시오."

"이거 맛이 참 좋습니다."

"하하하! 우리 숙수가 음식은 곧잘 하오."

"장주님도 어서 드셔야지요!"

아직까지도 젓가락을 들지 않는 장무위를 보며 황금산이

식사를 종용하였다. 그러자 장무위가 손사래를 치며 말했다.

"걱정 마시오. 내 알아서 먹을 터이니. 이렇게 고마운 손님들이 와서 음식을 먹어 주는 것만 봐도 난 배가 부르오."

"별말씀을……."

황금산이 겸양의 말을 할 때였다.

쿠웅! 쨍그랑!

잔칫상 위에 뭔가 묵직한 것이 떨어지는 소리가 울려왔다. 동시에 마련해 놓은 음식 그릇이 바닥에 떨어지며 깨어져 나갔다.

순간 모두의 이목이 쏠렸다.

그곳에는 황금산의 수하 중 하나가 잔칫상에 고개를 처박고 혼절한 모습이 눈에 들어왔다.

"으음."

동시에 장무위의 입에서 신음성이 울려왔다.

그렇게 되자 당황한 것은 황금산이었다.

[어찌 된 것이냐! 군자산을 넣은 것 아니었더냐! 분명 해약도 먹었거늘!]

[이, 이럴 리가…….]

전음을 받은 은월도 당황한 기색이 역력했다.

어찌 되었든 이 상황을 수습해야 했다. 장주에게 음식을 먹으라고 종용하던 와중에 이런 일이 벌어졌으니 자신을 의심할지도 몰랐기 때문이다.

"그…… 무위장주님, 이게……."

무언가 변명의 말을 하려 할 때 또다시 쿵, 쿵, 하는 소리가 연달아 울려왔다.

"이게……."

황금산이 놀라 입을 여는 순간, 뭔가 머리가 핑 도는 느낌이 들었다. 이상한 낌새를 알아차리는 것과 동시에 내력을 끌어 올렸지만 내력이 마음대로 돌지 않았다.

군자산의 해약은 먹었지만, 그게 제대로 효과가 나타나려면 약간의 시간이 필요했는데 그 때문인지 내력을 끌어올리는 게 더뎠다.

뭔가 약을 잘못 썼거나 문제가 생긴 것이라 판단한 황금산이 장무위에게 입을 열었다.

"이거 뭔가가 잘못된……."

황금산의 말이 채 끝나기도 전에 장무위가 굳은 얼굴로 입을 열었다.

"역시 효과 직빵이군."

"제가 철저히 준비했습죠. 역시 한방산의 효과는 대단한 것 같습니다. 이렇게까지 효과가 좋을 줄이야."

"그게 무슨……."

광저와 마주 웃고 있는 장무위의 모습을 본 그들은 뭔가 자신들의 의도와 다른 상황이 벌어진 것을 알아차렸다.

그때 은월의 목소리가 들려왔다.

"하, 한방산이라면 흑도들이나 쓰는 강력한 수면제……."

쿠웅!

은월은 미처 말을 다 내뱉지 못하고 고개를 상에 처박고 쓰러졌다. 내력으로 약 기운을 누르던 황금산이 벌게진 눈으로 장무위를 바라보며 말했다.

"이게 무슨 짓이오!"

"약 타는 짓."

"이 무슨 협잡질을……."

황금산이 치를 떨며 말하자 장무위가 피식 웃으며 말했다.

"늬들이 왕곰인지 뭔지 하는 애들 움직여서 우리 애들 상하게 한 놈이잖아."

"그런…… 흑도 따위를……."

황금산의 볼이 푸들거렸다. 그를 본 장무위가 천천히 몸을 일으키면서 말했다.

"그 흑도 따위가 내 새끼들이란 거지. 어쨌든 어서 자라."

"화, 황금을 노린 거냐!"

황금산이 버럭 소리를 질렀다.

"형님, 황금도 있었습니까?"

"애들 복수하자면서요!"

동시에 광저와 막우가 장무위를 째려봤다.

장무위가 찔끔하며 헛기침을 냈다.

"큼. 뭐, 그게…… 나중에 말하려 했지. 우리의 대업에 황금덩이 열댓 개가 대수더냐!"

그 모습을 보며 광저와 막우가 불신 어린 시선을 보내었다.

'혼자 처먹으려 했구나!'

'어쩐지 열 내더니만…….'

반면 황금산은 이를 악물며 입을 열었다.

"그게 어찌 황금 열댓……."

쩌억!

언제 날아왔는지 장무위가 황금산의 머리통을 후려 차고 있었다.

"커어억!"

조금씩 되돌아오는 내력으로 수면제의 효과를 제압해 가던 황금산의 정신이 순간 혼미해졌다.

동시에 하려던 말을 속으로 삼킬 수밖에 없었다.

'황금 두 상자를 열댓 개라고 하다니……. 예상보다 더한 놈이었……'

비틀거리던 황금산의 안면으로 장무위의 발바닥이 점점 크게 다가왔다.

으적!

강렬하게 전달되는 충격에 황금산은 고목나무 쓰러지듯 무너지면서 한탄했다.

'빌어먹을 군자산만 아니었어도 이따위 수면제에 넘어가지는 않았을 것인데……'

생각은 길게 이어지지 않았다.

쿠웅!

황금산의 커다란 몸뚱이가 바닥을 울리자 더 이상 제대로 서 있는 이들은 없었다.

원래 그들 정도의 고수들에게는 수면제가 방해는 될 수 있어도 이렇게까지 영향을 끼칠 수는 없었다.

하지만 함께 먹은 군자산이 해약에 의해 분해되는 그 사이를 한방산이 끼어든 것이다.

짧은 시간이었지만 한방산의 약효가 돌기에는 충분했다.

황금산이 쓰러지고 여기저기서 코 고는 소리가 울려오기 시작했다.

쓰러진 황금산을 내려다보며 장무위는 심각한 고민을 했다.

'죽일까?'

자칫 잘못하면 황금이 열댓 개가 아니고 두 상자라는 게 들통 날 수 있었다.

그게 들통 나면 혼자 다 먹는 게 조금 미안해진다. 장무위가 슬쩍 발을 들어 올려 황금산의 머리 위에 내려놓자 막우가 눈을 게슴츠레 뜨며 말했다.

"뭐길래 또 살인 멸굽니까."

"으, 응? 아니 뭐, 이놈이 제법 세니까 이참에 그냥……."

"……."

막우와 광저의 불신 어린 눈빛에 장무위는 황금산의 머리통에 올려놓았던 발을 천천히 도로 내렸다.

"뭐, 그냥 잘 묶어만 놓아도 되겠지. 큼큼."

장무위가 헛기침을 하였다.

그때 갑자기 여인의 웃음소리가 터져 나왔다.

"호호호호!"

* * *

"……."

현도의 얼굴 위로 한기가 흘렀다.

장원에 갑자기 사이한 기운이 느껴져 밖으로 나온 그들을 일단의 무리들이 가로막고 있었기 때문이었다.

그 뒤로 청수, 청운, 청풍이 각자 검을 빼어 들고 긴장된 표정으로 정면을 노려보았다.

그들이 노려보고 있는 것은 황금산의 호위 무사들이었다. 하지만 이제는 그들이 평범한 호위 무사가 아님을 모를 수가 없었다.

"네놈들 정체가 뭐냐고 물었다."

현도가 입을 열자 호위 무사들로 위장한 전마성의 인물 하나가 입을 열었다.

"원시천존이라 해 두지. 네놈들을 등선시켜 줄……."

히죽 웃으며 대꾸하자 현도가 싸늘한 음성을 내뱉었다.

"개호로새끼들 입으로 싸지르면 다 말인 줄 아는구나."

현도에게서 육두문자가 튀어나오자 이죽거렸던 이 중 하나의 표정이 살짝 변했다. 뒤에서는 그들끼리 수군거리는 음성이 들려왔다.

"군자 매화검 맞아?"

"용모파기는 물론이고 은월이 확인해 준 바로도 군자검이 맞습니다. 아니라고 하기에는 복장이……."

예상했던 반응과 다르자 몇몇 이들이 약간 혼란에 빠진 것이다.

그들을 향해 현도가 다시 말을 했다.

"군자 좋아하네, 니미럴 놈들. 내 원시천존에게 멱살을 잡히는 한이 있더라도 오늘은 푸줏간 주인 하련다. 네놈들 뼈와 살을 분리해 주마."

"……."

이어진 욕설에 전마성 무사들은 잠시 어이없는 표정을 짓다가 살기를 뿜어내었다.

"더 지껄이지 못하게 입을 찢어라!"

명령이 떨어지자 황금산의 호위들이 현도 일행을 향해 쏘아져 나갔다.

* * *

"호호호호!"

장무위의 시선이 웃음이 터져 나온 방향으로 옮겨 갔다.

무희들의 중심에서 춤을 추던 여인이 대소를 터트리고 있었다.

마치 이 상황이 재미있다는 듯.

"아니, 지금……."

광저가 어이없다는 표정으로 나서려 할 때, 막우가 그를 제지하며 살짝 고갯짓을 했다.

막우가 그녀들을 보며 경계의 눈빛을 보내자 이를 알아차린 광저 역시 한 걸음 물러서며 상황을 주시했다.

지금 이 자리는 그들이 낄 자리가 아니라는 것을 직감한 것이다.

"같이 약 먹여 버릴 걸 그랬나."

장무위가 인상을 쓰며 중얼거렸다.

웃음을 터트렸던 여인이 주변을 한 바퀴 둘러보더니 입을 열었다.

"황금당주가 만약을 대비해서 약을 탔다더니 오히려 당해 버렸군. 정말 재미있어."

약을 탔다는 말에 장무위는 물론 막우와 광저까지 눈을 휘둥그렇게 떴다. 그녀의 말대로라면 정말 당할 뻔했던 것이었다.

"이런 개자식들! 신성한 거래에 약을 쳐!"

눈이 휙 돌아간 장무위가 황금산에게 날듯이 뛰어가 머리통을 걷어차 버렸다.

빠악!

와장창!

정신을 잃은 황금산의 몸뚱이가 휘청하며 옆으로 나자빠

졌다. 자기가 약 탄 것은 이미 안중에도 없는 장무위였다.

"재미있는 구경 했네요."

"전마성인가 봐?"

"후훗."

장무위의 질문에 여인은 웃음을 흘렸다. 그렇다는 말은 없었지만 그보다 더 확실한 대답은 없었다.

"어쩐지 사람 웅심에 불을 피우는 몸놀림이더라니……."

장무위의 얼굴이 살짝 구겨졌다.

그녀들이 춤을 출 때 뭔가 있다는 느낌은 들었지만, 요즘 춤추는 기술이 발전해서 그렇겠거니 했었다. 그런데 지금 보니까 처음부터 황금산과 한통속이었던 것이다.

무희들 역시 전마성의 일원임이 밝혀지자 막우와 광저는 잔뜩 긴장한 모습으로 각자 무기를 꼬나 쥐었다.

"곱게 가라. 여자 패는 취미는 없다."

장무위가 험악한 표정으로 말을 내뱉자 여인은 활짝 웃으며 말했다.

"환요궁의 환희음마 궁주라고 하지요."

"그래. 알았으니까, 우리 좋은 관계는 나중에 가지고 오늘은 일단 여기서 찢어지자고."

장무위가 다시금 말하자, 환희음마는 살포시 미소를 지으며 대답했다.

"저도 그러고는 싶은데 그러기는 어렵네요."

"어려우면?"

장무위의 한쪽 눈썹이 치켜 올라갔다.

그러자 환희음마가 양팔을 펼쳤다.

동시에 여인들이 장무위를 중심으로 포위하듯이 자리를 잡았다.

그러고 나서 그녀가 대답했다.

"소요검선과 걸왕, 그리고 화산 말코들의 머리통이 도착할 때까지는 저와 함께 즐기는 시간을 가졌으면 하네요."

동시에 여인들이 움직였다.

천천히 춤을 추듯 장무위의 주변을 돌기 시작했다. 안 그래도 뇌쇄적인 춤사위를 보이던 그녀들이었지만 아예 작정을 하고 홀리려는지 더욱 야릇한 모습을 만들어 갔다.

"오호호!"

"우훗!"

"까르르르!"

온갖 웃음소리가 울려 퍼졌다. 게다가 이번에는 중간중간 신음성 비슷한 소리도 울려 대기 시작했다.

그러자 멀찍이 떨어져 있던 광저와 막우가 몸을 움찔거렸다.

"미, 미치겠네."

광저가 몸을 움츠리며 주춤거렸다.

막우 역시 광저와 마찬가지로 움찔거렸다. 그녀들의 뇌쇄적인 모습에 하체가 반응한 것이다.

하지만 반대로 이 여인들의 춤이 결코 좋은 것은 아니라 여겼는지 막우는 입술을 깨물어 피를 내며 저항하려 했다.

그들의 모습을 흘깃 쳐다본 환희음마가 미소 지으며 말했다.

"아이들아, 참아도 소용없느니라. 환요십이음녀의 환락소소무는 소림 고승의 거시기도 기둥처럼 세우는 능력이 있으니까. 깔깔깔!"

요염한 얼굴로 음담패설을 내뱉더니 소리 높여 웃음을 터트렸다.

그녀의 웃음소리마저 심령을 흔드는 듯 막우와 광저가 온몸을 푸들거렸다. 그들은 이 상황을 어떻게든 해 주길 바라는 시선으로 장무위를 바라보았다.

"자, 장주 형님!"

그리고 절망했다.

그들은 보았다.

당당히 솟구쳐 있는 장무위의 하체를…….

* * *

소요검식 제삼 검.

소요만천.

소요검선의 검이 화려하게 펼쳐졌다.

때론 흐르는 강처럼, 때론 우뚝 솟은 산처럼, 그의 검이 세상을 그려 내었다.

그 그림 속에서 그를 향해 달려들던 혈기조원들은 온몸으로 피를 뿌려 내었다.

그 모습을 보며 지마가 혀를 찼다.

"역시 소요검선이라는 건가."

세간에 알려지지는 않았으나, 지마 역시 극마의 문턱을 밟았다.

그동안 강호에 알려진 화경의 고수는 소요검선과 걸왕을 비롯한 다섯이었지만, 지마와 이곳에 온 인마, 그리고 함께 온 광혈마 역시 화경의 경지에 비견되는 극마의 단계에 올라서 있었다.

사실 지금 알려진 화경의 고수 외에도 전대의 고수들 중 화경의 문턱을 밟은 이가 없는 것은 아니었다.

다만 활동한 지 오래되어 알려지지 않았을 뿐이었다. 이는 정파 쪽도 마찬가지였다.

만약 정마대전이 길어졌다면 그러한 전대 고수들까지 모두 세상 밖으로 나왔을 것이다. 허나 정과 마, 양쪽 균형의 추가 팽팽한 상태에서는 소모전만 이어질 것이 뻔했기에 다들 숨긴 패로 두었을 뿐이다.

그렇게 숨겨 왔던 패 중 하나를 전마성이 먼저 연 것이다.

이미 보이는 정파의 패 두 개를 잡기 위해서 말이다. 하지만 같은 화경이라도 그 격차는 있었다.

소요검선은 화경의 경지에서도 끝자락에 있는 인물이었다. 게다가 정마대전이라는 고난을 헤쳐 온 인물이었기에 그 질이 달랐다.

"이거 혈기들의 피해가 좀 크겠습니다."

함께 온 원로들 중 하나인 흑살마가 조심스럽게 입을 열었다.

"어쩔 수 없지. 정 걱정되면 자네가 나서 보겠는가?"

"그건 좀……."

흑살마가 한걸음 빼며 난감한 표정을 지었다.

마치 장비를 연상케 하는 수염이 고슴도치처럼 삐죽삐죽하게 난 험상궂어 보이는 얼굴에 당당한 체구와는 달리 조심스러운 모습이었다.

"슬슬 가세해야 하지 않겠습니까?"

또 다른 원로원 고수가 흑살마의 말을 거들며 나섰다. 그제야 지마가 웃음을 흘리며 한걸음 나섰다.

"하긴 그것도 그렇군. 혈기대주가 애써 키운 애들을 다 소모해 버리면 그것도 미안한 일이니 말이야."

짜르릉.

지마가 꺼낸 것은 곤이었다. 하지만 일반적인 곤과는 달리 쇠로 된 환이 좌우로 달려 있었다. 그래서인지 움직일 때마다 귀에 거슬리는 쇳소리가 울렸다.

"그럼 슬슬 움직여 보세나."

그 말을 신호로 지마와 원로원의 고수들이 본격적으로 나서기 시작했다.

*　　*　　*

콰르르릉!

걸왕의 온몸에서 피처럼 붉은빛의 용들이 솟구쳐 올랐다.

"혈룡도해!"

걸왕의 입에서 초식명이 튀어나오는 것과 동시에 붉은 용들이 바다를 건너듯 꿈틀거리며 앞으로 쏘아져 나갔다.

"피해라!"

누군가의 경고음이 펼쳐졌지만, 혈기들이 몸을 피하기도 전에 붉은 용은 포식자처럼 혈기들을 덮쳐갔다.

퍼퍼펑!

가죽 북 치는 듯 둔탁한 소리가 울려 퍼졌다. 그와 동시에 혈룡들이 지나간 자리에 붉은 피의 바다가 만들어졌다. 그 자리에 있던 혈기들이 한 줌 혈수로 변해 버린 것이다.

빼곡하게 주변을 감쌌던 혈기들은 어느새 반절 이상 줄어 있었다. 하지만 걸왕은 지치지도 않는 듯, 한 걸음 더 나아가 손을 좌우로 그었다.

혈룡오수 제삼 식.

혈룡참.

붉은 기운이 마치 채찍처럼 길어지며 그 간격 내에 있는 모든 것을 베어 나갔다.

촤아악!

붉은 기운은 세상을 잘라내듯 모든 것을 잘라 나갔다. 하지만 그 기운을 막아서는 것이 있었다.

콰콰쾅!

커다란 폭음과 함께 자신의 공격이 막히자 걸왕의 얼굴이 살짝 굳어졌다.

공격이 막히며 돌아온 반발력이 적지 않았기 때문이었다.

"네놈은 뭐냐."

"크르륵."

붉은 눈동자에 산발한 머리.

미친 자의 행색과도 같았지만, 그에게서 느껴지는 파괴적인 기운은 결코 쉽게 볼 수 있는 게 아니었다.

"광혈마라고 하지."

대답은 인마에게서 나왔다. 인마 역시 끼어들 생각인지 내력을 끌어 올리고 있었다.

"광혈마라……. 이름 참……."

"이전에는 혈마존이라고도 불렸지."

"혈마존! 그 노물이 아직 살아 있었단 말이냐!"

걸왕이 경악했다.

전대의 고수로 악명을 떨쳤던 이가 바로 혈마존이었다. 화경에 다다르지는 못했지만 초절정의 경지로 정파 초절정 고수들의 목숨을 가져간 이였다.

"천하의 걸왕을 잡는데 이 정도는 되어야 하지 않겠는가?"

"……."

가불이 이죽거리며 마찬가지로 내력을 끌어 올리자 입을

다물고 있던 걸왕이 살기 어린 음성을 내뱉었다.

"오늘 싸락골을 네놈들 피로 물들이련다."

걸왕을 감싸고 있는 붉은 운무가 더더욱 짙어졌다.

*　*　*

환희음마는 장무위의 하체를 보며 빨간 입술을 훑었다. 생각보다 반응이 빨랐기 때문이었다.

이대로라면 시간을 끄는 게 아니라 제압도 가능해 보였다. 가진 내력에 비해 운용이 미숙할지도 모른다는 정보가 딱 맞아 떨어진다고 생각했다.

"후후, 오늘 밤은 뜨겁게 보내겠구나……."

그렇게 중얼거리던 그녀는 뭔가 이상하다는 생각이 들었다.

장무위의 하체는 솟구쳐 있는데 정작 장무위의 숨결은 조금도 거칠어지지 않고 있었던 것이다.

그와 눈이 마주치자 환희음마는 살짝 당황했다.

장무위의 눈빛은 결코 환락소소무에 빠져든 눈빛이 아니었다.

장무위가 그녀에게 시선을 둔 채 피식 웃으며 입을 열었다.

"광저! 막우!"

"크윽, 마, 말씀하십쇼!"

힘겨워하는 그들의 대답을 들은 장무위가 환희음마를 노려보며 조소를 머금고 외쳤다.

"정력신공이다!"

"……저, 정력…… 뭐라고?"

자신만만한 표정을 지은 장무위의 모습을 바라보는 환희음마의 표정은 멍함 그 자체였다.

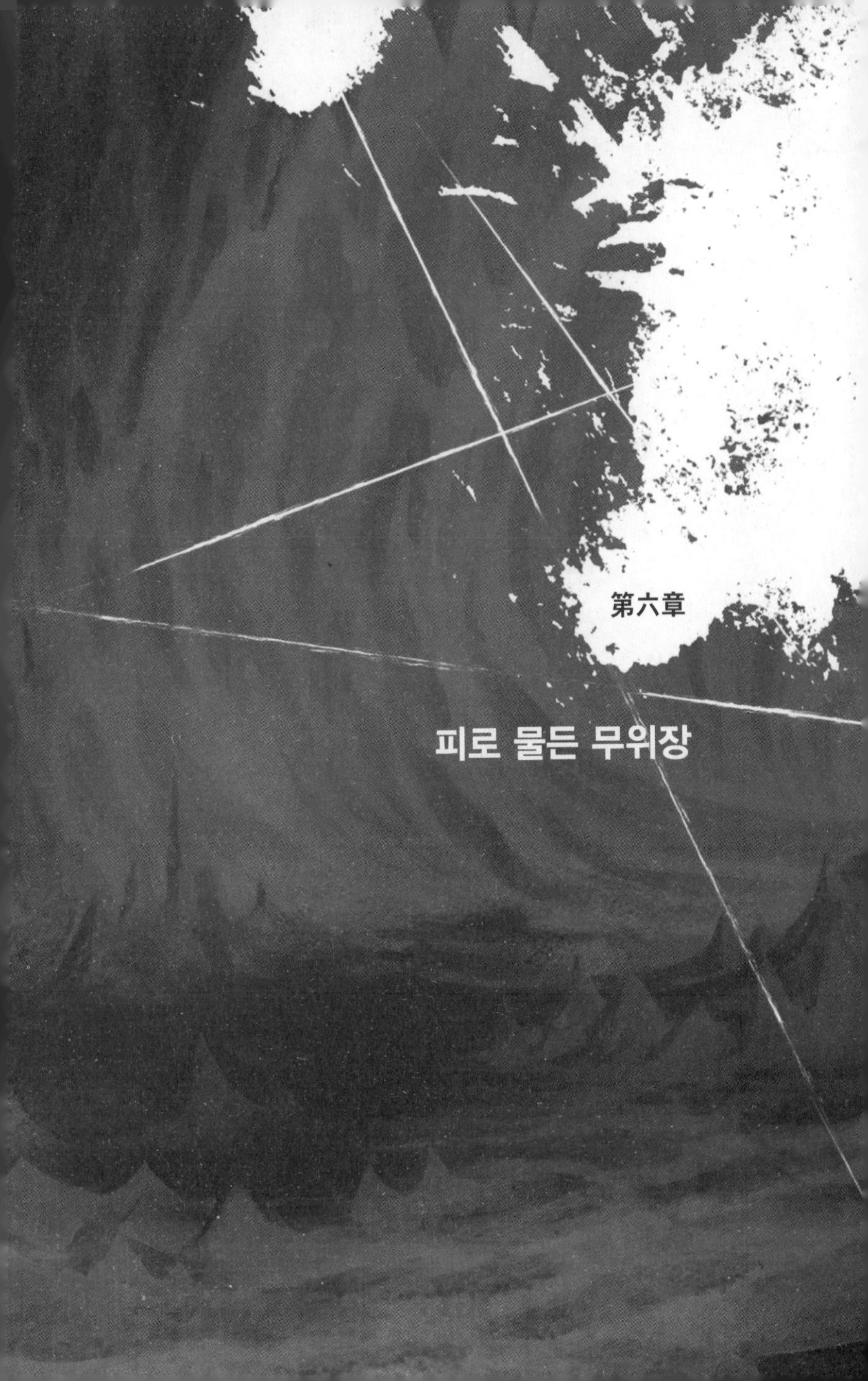

第六章

피로 물든 무위장

"뭐 이런 경우가……."

환희음마는 자신의 입으로 이런 소릴 내뱉게 될 줄은 몰랐다. 오히려 자신의 무공 성향 때문에 다른 사람한테서 비슷한 소리를 들으면 들었지, 자기가 누군가에게 할 일은 없었다.

장무위야 그렇다 쳐도 막우와 광저마저 환락소소무에 영향을 받지 않고 있었다. 아니, 영향을 받지 않는 것을 떠나…….

"오오……."

"맑은 정신으로 보니 더 죽입니다요, 형님!"

……즐기고 있었다.

심지어 하체는 분명 솟구쳐 있는데 말이다.

"큭큭큭!"

십이음녀의 중심에서부터 웃음소리가 흘러나왔다. 장무위였다.

"이익!"

환희음마가 얇은 나삼을 벗어 던지며 공력을 올렸다. 그것이 신호가 되었는지 십이음녀들이 옷을 벗어젖히기 시작했다.

거의 알몸이나 다름없는 상황에서 더욱 노골적이고 뇌쇄적인 움직임이 시작되었다.

그 움직임들은 꼭 색공이 아니라 하더라도 이성이 흔들릴 법한데 장무위와 막우 그리고 광저는 멀쩡했다.

사실 정력신마나 절륜공자 등의 별명은 아무렇게나 얻을 수 있는 게 아니다.

그만한 별명을 얻을 만한 행동을 하거나 결과를 만들어냈기에 불릴 수 있는 이름들이었다.

이미 이런 쪽으로 도가 튼 이들인 데다가 정력신공이라는 희대의 괴절학이 그들의 정신을 올바르게 지켜주는 것이었다.

색주가에서 호구짓을 당하지 않기 위해서는 즐기되 주도

권을 빼앗기지 말아야 한다.

정력신공이야말로 주도권을 지키며 상대를 제압(?)하기 위한 최고의 신공이었다.

그런 만큼 색공에 대한 저항력이 높은 것은 당연했다. 아니, 오히려 순응하면서 즐기되 정신은 바짝 차릴 수 있는 공능이 있었던 것이다.

공력을 높였음에도 상대가 아무런 반응이 없자 십이음녀들은 당황하기 시작했다. 차라리 고자라면 이해가 가겠는데 하체의 물건들은 건강을 과시하면서도 정신이 멀쩡하니 말이다.

"서, 설마 색공으로 화경의 경지를 밟은 고수란 말인가!"

환희음마가 넋 나간 표정을 지었다.

그게 아니고서야 이런 경우는 있을 수 없었다.

색공은 다른 성을 자양분 삼아 발전하는 것이다. 그렇기에 손쉽게 경지에 오를 수 있는 장점이 있는 반면에 잡다한 기운이 들어오기에 어느 한계 이상의 경지에 다다르기는 힘들었다.

이종진기를 제대로 다스리지 않고 흡수에만 치중하면 몸이 붕괴되기 때문이었다.

공력이 높아질수록 이종진기를 다스리기 힘든 게 색공이었다. 그렇기에 색공으로 화경의 경지에 다다른다는 것은 거의 불가능에 가까운 일이었다.

다만 이렇게 힘을 모은다면 화경의 고수라도 흔들 수 있는 게 또한 색공이었다. 그런데 그런 색공이 씨알도 먹히지 않으니 이런 판단을 할 수밖에.

이를 악문 환희음마가 마지막 남은 옷을 벗어 던지며 외쳤다.

"이년들아, 다 벗어!"

그녀의 외침과 동시에 십이음녀들의 몸을 사수하던 마지막 천들이 허공을 날았다.

그러면서 농밀한 기운이 사방을 끈적끈적하게 감싸기 시작했다.

순수한 음력이 발산되기 시작했다.

그게 영향이 컸는지 막우와 광저의 안색이 점점 벌게지기 시작했다. 지금까지와 다르게 선천진기까지 포함된 색공이었기 때문이었다.

"계집들이 다 벗는다는 것은 다 건다는 것. 어디 버텨 보아라! 호호호호!"

환희음마의 교소가 터져 나왔다. 동시에 환희음마의 턱주가리가 돌아갔다.

쩌억!

"어억!"

갑자기 세상이 빠르게 돌아가는 바람에 환희음마는 순간적으로 의식을 잃었다가 되찾았다. 그녀가 다시 정신을 차렸을 때, 그녀의 몸뚱이는 이미 땅바닥에 뒹굴고 있었다.

콰당탕탕!

뒤늦게 청력이 돌아오면서 자신이 바닥에 구르는 소리가 들려왔다. 비틀거리며 몸을 일으킨 환희음마가 믿을 수 없다는 표정으로 정면을 바라보았다.

그곳에는 장무위가 주먹을 뻗고 있었다.

심지어 하체에 솟구쳐 있던 물건도 잠잠해져 있었다. 십이음녀들의 색공이 아무런 영향을 주지 못한 것이었다.

"크윽! 왜 이제야……."

장무위라면 진작 움직일 수 있었지 않느냐는 의문이 담긴 질문이었다. 그러자 장무위가 다시 주먹을 말아 쥐며 입을 열었다.

"볼 거 다 봤으니까."

"뭐?"

순간 환희음마는 손을 들어 올렸다.

갑자기 앞으로 확 다가온 장무위의 공격을 막기 위해서였다. 그러나 타격은 얼굴이 아닌 옆구리였다.

으적!

"커억!"

환희음마의 입에서 핏줄기가 뿜어져 나왔다. 하지만 이번에는 정신을 놓지 않고 견뎌 내었다. 장무위가 명치께를 노리고 후려치는 주먹을 막아 갔다.

순간 장무위의 주먹이 궤적을 바꾸었다. 명치보다 더 높은 곳.

"설마……."

떠엉!

장무위의 주먹이 환희음마의 가슴을 뭉개 버렸다. 가슴뿐 아니라 그 안의 갈비뼈들이 우두둑하고 함몰되는 것을 느꼈다.

콰아앙!

담벼락을 부수고 처박힌 환희음마가 피를 게워내며 원독에 찬 눈으로 장무위를 바라보았다.

"어찌 여자의 가슴을 노린단 말인가!"

여인의 가슴을 공격하는 일은 거리의 흑도패들도 잘 하지 않는 짓이다. 하물며 화경의 경지에 오른 무인이 그런 흑도들도 차마 하지 않는 짓을 한다는 게 믿을 수 없었기 때문이었다.

그러자 장무위가 혀를 차며 입을 열었다.

"지랄한다. 늬들이 노리던 건 이거 아니냐?"

동시에 장무위가 허리를 앞으로 내밀었다.

"그, 그게……."

"미친년. 죽자고 싸우는데 가리기는……."

장무위에게는 상식이 통하지 않는다는 것을 알아차리는 데에는 그리 오랜 시간이 흐르지 않았다. 하지만 그것을 깨달았을 때는 그녀의 얼굴 위로 장무위의 발 그림자가 드리워졌다.

퍼석!

"구, 궁주님이……."

환희음마의 머리통이 수박처럼 터져 나가는 것을 본 십이음녀들의 얼굴이 창백하게 변했다.

"쯧."

환희음마의 머리통을 가차 없이 박살 내 버린 장무위가 발바닥을 땅바닥에 비벼 닦았다. 일말의 망설임도 없는 그의 모습에 십이음녀들은 온몸에 오한이 드는 것을 느꼈다.

그녀들은 장무위에게 오로지 적일 뿐이었다.

장무위가 천천히 다가오자 그들은 어찌할 바를 몰랐다.

그녀들은 실질적인 무공은 약했다.

오로지 환락소소무와 잠자리에서 남성의 정기를 갈취하는 일부 무공에만 특화되어 있었다.

그 이유는 간단했다.

정파의 영역을 두루 움직이는 그녀들의 특성상 오해를 살 만한 무력은 익히지 않았던 것이다.

물론 개중에서도 환희음마는 제대로 된 무공을 익히고 있었다. 그러나 그런 그녀도 장무위에게 제대로 손 한 번 뻗지 못하고 죽임을 당했다.

한마디로 그녀들의 환락소소무는 충분히 위협적이었지만 오로지 환희음마가 화경의 고수를 상대하기 위한 팔과 다리 역할일 뿐이었다.

색공만으로는 경지에 이르기 힘들고, 또 홀로 초절정 이상의 고수를 상대하기 힘이 든다는 점에 착안하여 만들어진 게 환락소소무였기 때문이었다.

가진바 음기와 선천진기가 고갈되면 버려지는 소모품에 지나지 않았다.

이러한 상황을 알면서도 십이음녀들이 환희음마에 충실했던 이유는 바로 심령으로 연결되어 있었기 때문이었다.

그녀들을 이용해 하나의 색공을 펼치기 위해서는 일사불란함이 필요했다. 모두 한 몸처럼 움직여야 하는 것이다.

그런 연유로 완전하진 않지만 어느 정도 심령을 제압하는 게 필수였다.

그랬던 것이 환희음마의 죽음으로 인해 깨어지면서 정신을 차렸다.

"사, 살려주세요!"

"뭐야, 이건 또."

"저희는 무공도 몰라요!"

갑자기 벌거벗은 여자들이 주저앉으며 목숨을 구걸하자 장무위는 어리둥절한 표정을 지었다.

이것 또한 무슨 함정인가 싶어 살폈지만 그녀들에게서는 더 이상 전의라든지 살기, 혹은 위협 같은 게 느껴지지 않았다.

그때 송화가 안으로 들어섰다.

"……."

송화의 얼굴이 살짝 굳어졌다.

"이젠 장원에서까지……."

뭔가 요란한 소리가 나서 살펴보러 왔던 송화는 술 퍼마시고 여기저기 자빠져 자는 사람들과 열 명이 넘는 여인들을 끼고 있는 장무위를 보고는 한숨을 쉬었다.

혹시 무슨 일이 있나 싶어 왔다가 못 볼 꼴을 봤다고 생각한 것이다.

"거참."

장무위가 머리를 긁적였다.

그러고는 막우와 광저를 바라보았다.

"일단 엮어놔. 수틀리면 죽여 버려. 계집이라고 눈 돌아가지 말고 말야."

"예, 형님."

"그리고 재랑 애들 좀 챙겨라."

"꺄아아아!"

한심하다는 눈으로 사방을 둘러보다 그제야 머리통이 터져나간 시체를 발견한 송화가 거품을 물고 나자빠졌다.

막우와 광저가 부산하게 움직이는 모습을 뒤로하고 장무위가 담을 넘으며 중얼거렸다.

"집 부서지기 전에 처리를 해야지……."

한창 칼 소리와 함께 살기가 피어오르는 곳을 향해 장무위가 신형을 옮겼다.

* * *

좌아악!

"크윽!"

청운의 등에 긴 자상이 새겨졌다. 하지만 청운의 검은 흔들리지 않고 정면에 선 전마성 무사의 숨통을 끊어 놓았다.

"괜찮은가, 사제!"

"괘, 괜찮습니다."

각자 상대하던 이들을 베어 낸 청수와 청풍이 청운을 걱정스러운 시선으로 바라보았다.

하지만 그들 역시 누구를 걱정할 상황은 아니었다. 몸은 물론이고 팔과 다리에도 얕은 자상들이 수두룩했다.

"후욱!"

현도의 상황은 그나마 나았다.

최근 일취월장한 실력 덕에 달려드는 적들을 수월하게 처리하고 있었던 것이다. 하지만 중과부적이라고 끊임없이 달려드는 적들을 상대하며 조금씩 지친 기색이 보이기 시작했다.

"젠장, 많기도 하네……."

세 사형제는 각자 검을 다시 고쳐 쥐고 주변을 둘러보았다. 십여 명의 적들이 피를 흘리며 바닥에 쓰러져 있었지만, 남은 적은 아직도 삼십여 명이나 되었다.

"약 안 먹었으면 진작에 절단 날 뻔했습니다."

"그러게……."

청풍의 말에 청수가 씁쓸한 미소를 머금으며 대꾸했다.

그들이야말로 장무위가 준 약의 최대 수혜자였다.

그저 영약이란 말에 눈이 뒤집혀 일단 사 먹었지만, 그게 아니었다면 지금처럼 버틸 수도 없었을 것이다. 게다가 최근 꾸준히 연공을 한 덕분에 내공이 정순해진 것도 도움이 되었다.

그때 상처의 아픔에 인상을 찌푸리던 청풍이 걱정 어린 말을 내뱉었다.

"이거 제대로 무슨 일이 있는 것 아닙니까?"

"누가."

"장 어르신요."

청풍의 말에 청수와 청운이 그를 바라보았다. 잠깐이지만 시선을 교환한 그들이 일제히 같은 말을 내뱉었다.

"퍽이나."

같은 대답이 웃겼는지 세 사형제는 동시에 웃음을 흘렸다.

"킬킬킬!"

"크큭!"

"푸흐흐흐!"

그때 청운이 고개를 들어 올리며 환한 미소를 지었다.

"양반 되긴 그른 사람이라니까요."

청운의 눈에 담을 넘어 날아드는 장무위의 모습이 담겨 있었다.

*　　*　　*

"제길, 정보가 잘못됐잖아!"

청 자 배 제자들을 상대하던 전마성 무사 하나가 욕설을 내뱉었다.

사실 이곳의 군자 매화검 현도를 비롯한 청 자 배 제자 셋을 상대하라는 명령을 받았을 때에는 별 무리 없이 제압이 가능하다고 판단했었다.

비록 현도가 초절정의 경지에 진입했다지만 함께 온 혈기 부대주가 그를 맡아 주리라 생각했고, 자신들은 그저 일류 초입에 발을 걸치고 있을 청 자 배 제자들만 처리하면 되는 상황이라 판단했기 때문이다.

그러나 막상 뚜껑을 열어 보니 달랐다.

현도의 검은 생각 이상으로 매서워 혈기 부대주가 밀리는 형국이었다. 게다가 청 자 배 제자 셋도 일류 초입이라는 정보와는 달리 완연한 일류고수의 실력을 내보이고 있었다.

그중에서도 가장 뺀질거린다는 청운의 손에만 벌써 세 명의 동료가 희생되었다. 갑자기 약이라도 처먹었는지 말 그대로 훨훨 날아다니고 있었다.

사실 이들은 주요 감시 대상이 아니었다.

그 때문에 전마성에서는 이들이 장무위를 통해 약을 사 먹은 것도 몰랐고, 또 장무위의 장원에 그들의 공력을 정순하게 다져 줄 수 있는 기물이 있다는 것도 몰랐다.

아직까지 널리 알려지지 않은 사실이었기 때문이었다.

물론 장무위는 냉찜질방을 적극적으로 알리며 장사를 하려고 했었다. 애초에 그러려고 만든 냉찜질방이었기 때문이다.

하지만 현도와 청운 등이 세상사 귀찮은 일들이 속속들이 벌어질 수 있다면서 쌍수를 들고 말려서 잠시 소문내기를 보류하고 있었던 것뿐이다.

그런 사실을 알 리 없는 이들은 한 단계, 혹은 두 단계 이상씩 발전한 청 자 배 제자들을 맞아 고전할 수밖에 없었다.

그때 청운이 피식거리며 고개를 드는 게 눈에 들어오자 전마성 무사의 눈에 불길이 일었다.

"어디서 한눈을!"

틈이라면 틈이었다.

하나라도 머릿수를 줄여 이 싸움을 빨리 끝내야겠다는 마음으로 청운을 향해 검을 휘둘러 갔다.

턱!

"엇!"

순간 검을 휘둘러 가던 전마성의 무사의 머리가 멈추었다. 정확히는 누군가가 머리끄덩이를 잡은 느낌이었다.

으득!

"크아악!"

이어서 머리가 뒤로 휙 꺾이면서 머리카락이 뽑히는 소리가 우두둑 울려 왔다. 하지만 정작 중요한 것은 그것이 아니었다.

콰직.

머리채를 잡혀 상체가 뒤로 젖혀졌던 전마성 무사는 등줄기에서부터 가슴까지 관통하는 충격과 동시에 자신의 명치께가 여자의 가슴처럼 불룩 튀어나온 것을 보았다.

그리고 그게 그가 본 마지막이었다.

털썩.

"누, 누구냐!"

갑작스러운 습격에 놀란 전마성 무사들의 일부가 뒤를 돌아보았다. 습격을 받은 동료 하나가 말 그대로 척추가 접힌 채로 바닥에 늘어져 있었다.

"누구긴 집주인이지."

장무위가 무릎을 툭툭 털며 퉁명스럽게 대답을 내뱉었다.

"무, 무위장주!"

"분명 우리에게 넘어온 것으로 알았는데……."

"넘어오긴 뭘 넘어와. 약이나 타는 놈들이랑 할 말 없다.”

모두가 당황한 기색을 보였다.

혹시라도 일이 잘못될 때를 대비하여 환희음마가 시간을 끌기로 되어 있었는데 장무위가 벌써 나타난 것이다.

“환희궁주님께서 시간을 끌지도 못했단 말인가…….”

“누구? 아아…… 옷 벗고 설치는 애들이야? 여기 정력신마께서 가볍게 눌러 주셨지. 으하하하!”

장무위가 호탕하게 웃음을 터트리자 전마성 일원들의 표정에 난감함이 서렸다.

그때 뭔가가 하늘로 솟구쳤다.

파앙!

솟구쳐 올라간 것이 터지며 푸른 연기를 만들어 내었다. 푸른 연기를 확인한 전마성 무사 중 하나가 히죽 웃으며 입을 열었다.

“조금 있으면 지원이 도착…….”

콰직! 콰콰쾅!

말이 끝나기도 전에 다가온 장무위가 그의 옆 목을 수도로 강타했다. 목이 기역 자로 꺾이며 그의 몸뚱이가 볼썽사납게 바닥에 처박혔다.

장무위는 이어서 정면의 전마성 무사 두 명의 머리를 양손으로 움켜쥐더니 그대로 바닥에 내리꽂았다.

콰쾅! 쾅!

땅에 두 개의 구덩이가 파이며 뇌수와 핏물이 솟구쳤다. 장무위는 곧바로 쓰러진 시체 중 하나의 발목을 잡아 휘둘렀다.

"막아!"

전마성 무사 중 하나가 검기를 뿌리며 날아오는 시체를 잘랐다.

촤아악!

양단된 시체가 피를 뿌리며 시야를 잠시 가린 사이, 피의 막을 뚫고 뭔가가 날아들었다.

퍼퍼퍽!

한 무사는 머리통이 터져나갔고, 하나는 심장이 뚫렸다. 그리고 한 명은 두 팔을 들어 막았지만 그 팔마저 부수고 가슴뼈를 함몰시켰다.

"쿨럭……. 돌이라니."

가슴뼈가 함몰된 전마성 무사는 피를 울컥 쏟아 내면서 씁쓸한 미소를 머금고 엎어졌다.

순식간이었다.

삼십 명 남짓했던 인원수의 삼분지 일이 시체로 변하는 시간은 말이다.

모두가 질린 표정으로 장무위를 응시할 때 그가 바닥에

떨어져 있던 검 한 자루를 발끝으로 툭 하고 차올렸다.

장무위가 허공에 뜬 검 자루를 낚아채며 남아 있는 적들을 보았다.

"원군이 온다면 그 전에 처리하는 게 맞겠지, 그치?"

"크윽!"

원군 이야기가 나오자마자 손을 쓴 이유가 바로 이것이었다.

장무위가 다시 움직이기 시작했다.

장무위의 가세로 힘을 얻은 청수와 청운, 청풍이 거세게 적을 밀어붙이기 시작했다. 각자 삼재진을 형성하며 공동으로 대응하기 시작한 것이다.

방어 위주의 진이었지만, 장무위의 무력을 믿기에 그에게 전마성 무사들의 처리를 맡기고 버티기에 돌입한 것이다.

"빨리 해치워!"

전마성 무사 중 하나가 득달같이 달려들며 외쳤다. 그들은 최소한 청 자 배 제자들이라도 해치워야 현도 쪽이든 장무위 쪽이든 한쪽을 택해서 도울 수 있을 것이라 판단했다.

전마성 무사 하나가 살기 어린 얼굴로 청풍을 향해 검을 내리그으며 외쳤다.

"이놈! 죽……."

푸왁!

"……어억!"

"뭐, 뭐야?"

청풍은 얼떨떨한 표정을 지었다.

검을 내리그으며 소리를 지르던 전마성 무사의 가슴팍에서 검 끝이 삐죽하며 솟구쳐 올라왔던 것이다. 이어서 검이 쑤욱 하고 빠져나가자 전마성 무사는 피를 토하며 힘없이 무너졌다.

"크악!"

"컥!"

청풍이 상대하던 이들뿐이 아니었다.

청수와 청운이 상대하던 이들도 각기 옆구리를 부여잡거나 다리가 잘려나가 무너져 내렸다.

그때 장무위의 호통 소리가 들려왔다.

"구경났냐! 모가지에 칼 박아 버려!"

"아, 예!"

장무위의 호통에 얼떨떨한 표정으로 잠시 멍하니 있던 청수와 청운 그리고 청풍은 부상을 입은 적들의 숨통을 연달아 끊어 놓았다.

그들을 상대하기 위해 몰려들었던 십여 명의 적들이 장

무위에게 암습을 당해 허무하게 무너진 것이다.

그들이 죽임을 당하는 동안, 장무위에게 몰려갔다가 눈 앞에서 그가 사라지자 허둥대던 전마성 무사들이 다시 등을 돌려 몰려들었다.

"빌어먹을!"

하지만 장무위는 그들을 상대하지 않고 또다시 몸을 날렸다.

"네놈들은 우리가 상대해 주마!"

그들을 막아선 것은 청수와 청운, 청풍이었다.

약간은 비겁하지만 든든한 아군인 장무위가 있다는 것에 사기가 오른 그들의 눈빛은 그 어느 때보다도 밝게 빛나고 있었다.

혈기대 부대주인 구귀검은 혈기조장 두 명과 함께 이를 악물며 현도와 검을 섞고 있었다.

세 명의 합공에도 현도는 침착하게 대응하고 있었다. 물론 조금 지친 기색이 없잖아 있었지만 상황은 그리 나쁘지 않았다.

처음 그에게 달라붙었던 이는 여섯 명이었다.

하나같이 절정에 일류 수준의 검수들이었다. 그중 혈기대 부대주의 실력은 절정을 막 넘어서고 있었기에 버거운 부분이 있었다.

그럼에도 분전을 통해 약간의 상처만 내주고 세 명의 목숨을 거두었다. 다행히 청 자 배 제자들이 예상보다 선전해 주고 있다는 점이 도움이 되었다.

게다가 장무위라는 더없이 든든한 원군도 있었다.

"부대주! 그쪽으로 갑니다!"

"뭐, 뭐?"

한창 현도와 검을 섞던 구귀검이 고개를 돌렸다. 순간 그의 눈으로 흙먼지가 뿌려져 들어왔다.

"크윽!"

난데없는 봉변을 당한 구귀검은 재빨리 눈을 가리며 뒤로 물러섰다. 그때 동시에 두 명의 비명이 울려왔다.

눈을 떴을 때 함께 싸우던 조장 하나는 장무위에게 등이, 그리고 나머지 하나는 현도의 검에 목이 잘려 나가고 있었다.

"이런 비겁한!"

흙을 뿌려 자신을 물러서게 한 뒤 장무위가 기습으로 등을 찌른 것이 분명했다. 순식간에 두 명의 조력자를 잃은 이상 혼자서는 현도의 상대가 되지 않았다.

구귀검은 이를 악물며 장무위를 노려보았다.

"비겁이라니?"

장무위가 검을 쑥 뽑으며 혀를 찼다.

“지금 이게 할 짓인가! 화경의 고수라는 자가!”

“이게 왜?”

장무위는 영문을 모르겠다는 시선으로 고개를 갸웃거렸다.

구귀검은 충혈된 눈으로 외쳤다.

“이런 치사한 암습이라니!”

“그게 빠르니까. 칼부림하는데 뒤를 조심 안 하는 게 병신 아니냐?”

장무위가 히죽 웃으며 어깨를 으쓱거렸고 현도는 못 들은 체했다.

“크윽!”

구귀검이 분하다는 시선으로 노려보자, 장무위가 팔을 휘둘러 검에 묻은 피를 좌악 뿌리고는 천천히 걸어왔다.

“그럼 넌 정면 승부해 줄게.”

“이익!”

구귀검이 검을 고쳐 잡는 순간 장무위의 신형이 흐릿해졌다.

눈앞에서 사라진 것이다.

따끔.

무언가 머리끝이 따끔하다는 느낌이 들었다. 그때 장무

위의 음성이 뒤에서 들려왔다.

"쯧. 제대로 해 봤자 막지도 못하는구만."

"끄으으……."

정수리에서 이마까지 피의 선이 이어져 내렸다. 이어 입은 옷이 투툭 하며 양옆으로 벌어졌다. 깔끔하게 잘려 나간 모습.

그 안으로 머리끝에서 시작된 혈선이 몸 중앙을 가로질러 내렸다.

구귀검이 허망한 눈으로 질문했다.

"어찌 이런 실력으로 그렇게……."

보이지도 않았다.

이런 실력이라면 굳이 치사한 방법이 아니어도 자신과 부하들을 처리할 수 있었다.

그게 궁금했다.

검을 닦아가던 장무위가 대답했다.

"그냥, 버릇이라고 해 두자. 아니면 거 뭐시냐, 사자는 쥐새끼를 사냥할 때도 최선을 다한다잖냐."

장무위의 대답에 구귀검이 충혈된 눈으로 입을 열었다.

"니……."

"니?"

"니 똥 굵다……."

좌아악!

구귀검은 그 말을 끝으로 양옆으로 쫙 갈라지며 최후를 맞이했다.

"……."

"킥킥!"

"크읍!"

"흐흐흐."

얼굴을 잔뜩 구긴 장무위의 뒤에서 청 자 배 제자들의 웃음소리가 울려왔다. 인상을 잔뜩 찌푸린 장무위가 양단되어 죽어 나자빠진 구귀검을 바라보며 구시렁거렸다.

"이 새끼가 꼭 말을 해도……."

이기고도 찜찜한 장무위였다.

第七章

장무위의 활약

혈기조원은 복잡한 시선으로 아이들을 바라보고 있었다. 아이들이란 다름이 아니라 만덕, 소화 그리고 소요검선의 손녀 진이령이었다.

"이 아이들이 다인가?"

"그런 것 같습니다."

왠지 심상치 않은 분위기에 아이들은 눈알만 디룩디룩 굴리고 있었다. 아이들은 만덕이가 시장에서 꼬치구이를 한턱낸다고 해서 함께 나갔다가 돌아오던 중이었다.

그들뿐 아니라 장무위가 잠시 무관을 열었을 때 함께 다니던 아이들까지 전부 손에 손에 꼬치를 하나씩 들고 있었다.

최근 만덕이의 벌이가 쏠쏠했던 덕분이었다.

문제는 십여 명이 넘는 아이들 중에서 소요검선의 손녀를 찾아야 하는 입장인 혈기조원이었다. 아무리 임무라지만 난감하기 그지없었다.

"이거 구분이 잘 안 가는데……."

물론 소요검선의 손녀인 이령의 용모를 받아 그린 종이는 가지고 있었지만, 그들 눈에는 다 비슷비슷해 보였다.

조금 고급스럽고 귀하게 자란 티가 나는 아이를 잡으면 되겠거니 생각했는데 어디서 뭘 하고 놀았는지 전부 꼬질꼬질해 보였다.

만덕이가 용기를 내어 한걸음 나섰다.

"저…… 손님, 어인 일이신지……."

혈기조원과 함께 있는 이 중 하나는 바로 황금산의 호위로 따라왔던 자였다.

"누가 이령이냐."

호위는 대답 대신 오히려 질문을 던졌다.

그 질문에 아이들은 머뭇거리는 모습을 보였다. 그때 다시 만덕이가 나서며 말했다.

"여기 이령이는 없는데요."

천연덕스러운 대답에 혈기조원들은 서로 눈치를 보았다.

그때 호위 역할을 했던 이가 나직하게 말했다.

"여기 앞에 있는 세 아이들은 무위장에서 일하는 아이들입니다."

그가 가리킨 것은 만덕이와 소화, 그리고 이령이었다. 사실 이곳에 오래 머무르는 동안 줄곧 만덕이와 소화랑 어울리면서 이령이는 그 둘과 비슷한 옷을 입고 있었다.

송화가 아이들을 돌보면서 이령이 옷을 만덕이나 소화와 같은 것으로 입혔던 것이다. 귀한 옷은 놀기에 부담스러웠기 때문이다.

이령 역시 그런 것에 신경을 쓰지 않다 보니 어느새 차림새가 비슷해져 있었다.

그쯤 되니 구분이 더 어려워졌다.

외부에서 보면 무위장에서 허드렛일을 하는 아이로도 착각할 만했다.

사실 화경 고수의 손녀가 꼬질꼬질하게 입고 싸돌아다닌다고는 상상하기 어렵지 않은가.

소요검선 자체도 소탈한 면이 있어 아이를 자유롭게 놔두다 보니 이런 때에는 도움이 된 것이다.

천연덕스러운 만덕이나 송화, 그리고 이령이와는 달리 마을 아이들은 조마조마한 기색을 감추지 못했다.

장무위라는 인간이 아이들에게 미친 영향이 꽤 컸는지,

이령이 본인을 비롯해 만덕이나 소화는 '이령이가 누구지?' 하고 천연덕스럽게 고개를 갸웃거리고 있었다.

반면에 이령이를 아는 다른 아이들은 모르는 척하면서도 그게 겉으로 드러난 것이었다.

그때 호위 무사였던 혈기조원 하나가 만덕이에게 말을 걸었다.

"너를 우리 황금당주께서 눈여겨보셨다. 그분 밑에서 일한다면 이런 장원에서 일하는 것보다 더 나을 것이다."

은근한 어조였다.

"그래서 말인데, 이령이라는 아이가 어디 있는지 아느냐? 아마 네 녀석에게 도움이 될 거다."

만덕이는 사내의 말을 듣고 시선을 돌려 이령이를 바라보았다. 그리고 입을 열었다.

"령아, 이령이가 어디 갔지?"

만덕이의 질문을 받은 이령이가 고개를 갸웃거리면서 대답했다.

"그 인형처럼 이쁜 애?"

"……응."

"몰라. 손님이잖아."

이령이가 천연덕스럽게 대답하자 만덕이가 호위 무사에게 조심스럽게 다가가 말했다.

"사실 손님의 자제분이라 저희와는 잘 안 어울리고요, 대충 어디에 있을지는 알 것 같긴 한데……."

그렇게 말하면서 만덕이가 히죽 웃었다. 물론 양손은 비비고 있었다.

마치 뭘 바라는 것처럼.

호위는 피식 웃음을 흘리더니 주머니를 꺼내어 은자 하나를 던져 주었다.

"황금당주께서 눈여겨보실 만하구나."

"히히히! 감사합니다. 아마 이령이는 저잣거리에서 옷을 구경하고 있을 거예요. 옷가게는 몇 개 없으니 금방 찾으실 수 있을 겁니다요."

"옷가게라……."

"예!"

만덕이가 힘차게 고개를 끄덕이면서 대답하자 미심쩍은 눈으로 그를 바라보던 혈기조원들이 시선을 마주하더니 움직이기 시작했다.

"가자."

"예."

한시라도 빨리 소요검선의 손녀를 확보해야 했기 때문이다.

그들이 멀어지는 것을 지켜보던 만덕이의 얼굴에서 미소

가 사라졌다. 뭔가 사달이 난 것을 알아챘기 때문이었다.

이령이 역시 강호의 일원이었기에 마음이 바빠졌다.

"자, 일단 무위장으로 가자."

"우, 우리는 그냥 가면 안 돼?"

만덕이의 말에 아이들이 불안이 가득한 시선으로 물었다.

"지금 흩어지면 이상하게 생각할 거야. 늬들 이거 보이지?"

고개를 저은 만덕이가 조금 전 받은 은덩이를 들어 보였다.

아이들의 눈이 반짝이기 시작했다.

"똑같이 나누는 거다."

아이들의 얼굴에 화색이 돌았다. 아이들이 무위장으로 발걸음을 옮기기 시작했다.

그때 한 아이가 감탄했다.

"히야! 아까 만덕이가 이령이에게 이령이 어디 갔냐고 묻는데, 내가 다 가슴이 철렁했다니까?"

"히힛! 역시 대장이야. 어른도 감쪽같이 속인다니까?"

아이들이 시시덕거리며 바삐 걸음을 옮겨 나갔다. 그때 딱딱한 음성이 들려왔다.

"맹랑한 놈들이군."

이미 내려간 줄 알았던 혈기조원들이 언제 돌아왔는지 아이들의 주변을 감싸고 있었다.

"헉!"

"히이익!"

아이들은 마치 귀신이라도 본 것처럼 파랗게 질렸고 만덕이와 이령이의 얼굴 역시 하얗게 질려 버렸다.

들통 난 것이다.

"허, 눈앞에 두고도 몰랐다니."

만덕이는 눈을 뒤룩뒤룩 굴리며 어떻게든 빠져나갈 방법을 궁리했다.

하지만 답은 없었다.

그때 만덕이가 무위장 쪽을 보고 화들짝 놀라며 외쳤다.

"무위장주님!"

만덕이의 외침에 혈기조원들이 일제히 움찔하며 무위장이 있는 쪽으로 시선을 돌렸다. 그때 만덕이의 외침이 재차 터져 나왔다.

"튀어!"

그 소리에 아이들이 일제히 흩어지기 시작했다.

"이 빌어먹을 꼬마 놈!"

하지만 만덕이 최후의 한 수는 먹히지 않았다. 잠시 눈길을 잡아끌었을 뿐, 도주할 수 있는 시간은 벌 수 없었던 것이다.

혈기조원이 만덕이의 뒷덜미를 잡았고 또 다른 조원 하나가 이령이의 멱살을 잡아 올렸다.

"머리통을 박살 내 주지."

혈기조원이 이를 갈며 손을 들어 올리자 이령이가 울음을 터트렸다.

"아앙! 만덕아아아!"

그때 만덕이가 다시 외쳤다.

"앗! 장주님!"

만덕이가 다시 손가락으로 한쪽을 가리키며 외쳤다. 하지만 이번에는 아무런 소용이 없었다.

"빌어먹을 놈! 더는 속지 않는다."

혈기조원이 이를 갈며 만덕이의 머리통을 향해 주먹을 휘둘렀다.

"속긴 뭘 속아?"

"엇!"

터억!

만덕이의 머리통을 박살 내려던 주먹이 누군가의 손에 잡혔다. 화들짝 놀란 혈기조원이 자신의 손을 잡은 이를 보았다.

"자, 장무위!"

콰직!

"크아아악!"

순간 장무위의 손아귀에 잡혔던 손이 그대로 바스러졌다. 하지만 무언가 부러지는 소리는 그것뿐이 아니었다.

우두둑!

"어억!"

이령이의 멱살을 잡았던 혈기조원의 팔 역시 장무위의 손에 잡혀 바스러졌던 것이다.

"아이를 잡아!"

갑자기 나타난 장무위에 제때 반응하지 못했던 혈기조원 중 하나가 바닥에 엉덩방아를 찧은 이령이를 바라보며 외쳤다.

"잡아? 뭘?"

냉소를 터트린 장무위의 몸이 갑자기 늘어나기 시작했다.

하나가 둘이 되고 둘이 다섯이 되었다.

"어억!"

마치 분신술을 쓰듯이 혈기조원들 앞에 나타난 장무위가 일제히 주먹을 휘둘렀다.

퍼퍼퍼퍼퍽!

"커억!"

혈기조원들이 거의 동시에 비명을 지르며 사방으로 날아갔다.

"우와아아……."

아이들은 장무위를 보며 입을 떡 벌렸다.

일인이역은 경극으로도 실컷 구경했었지만 지금은 그때와 차원이 달랐다.

장무위가 아이들을 보며 말했다.

"다들 집에 가라."

장무위가 손을 휘휘 젓자 각자 도망치다가 멈추어 섰던 아이들이 일제히 달음박질을 쳤다. 하지만 공포에 질린 걸음은 아니었다.

오늘의 일을 누군가에게 자랑하고 싶은 마음으로 상기된 표정들이었다.

"잘했다."

"히히히!"

"늬들은 장원으로 가서 현도 아저씨랑 있어라. 그게 낫겠다."

"네!"

"우리 할아버지는요?"

만덕이가 대답했고 이령이가 물었다. 이령이는 소요검선에 대한 걱정 때문인지 울음 섞인 표정이었다.

무언가 일이 나도 단단히 났다는 것을 알아차린 모양이었다.

장무위가 이령이의 머리를 쓰다듬으며 말했다.

“지금 보니 장원으로 오고 있는 것 같구나.”

장무위가 호수 쪽을 바라보며 말했다.

소요검선의 기운이 수많은 크고 작은 기운들과 어지럽게 엮여 있는 것이 느껴졌다.

그 기운이 점점 가까워져 오는 것이 이령이를 구하기 위한 것임을 알 수 있었다.

“내가 마중 나가야겠구나. 집 다 부서지기 전에 말이다.”

“부탁드려요.”

“뭐, 그거야…….”

이령이가 장무위의 손에 동전 닷 문을 쥐여 주었다.

“꼭이요.”

“…….”

손바닥에 놓인 동전을 내려다본 장무위가 피식 웃으며 대답했다.

“나머진 느그 할애비한테 받으마.”

장무위의 신형이 다시 아이들 눈앞에서 사라졌다.

*　*　*

소요검선은 빠르게 이동하고 있었다.

정확히는 도주였다.

평소 신선과 같은 풍모를 자랑하던 소요검선의 몰골은 말이 아니었다. 옷 여기저기가 찢어지고 그슬린 것은 물론이고, 그의 온몸에는 자상이 가득했다.

가장 큰 문제는 그의 한쪽 팔이 덜렁거리고 있다는 점이다. 눈으로 보아도 알 수 있을 만큼 심각한 부상을 입은 상태였다.

"으음."

소요검선은 이를 악물었다.

포위를 뚫기 위해 어쩔 수 없이 한쪽 팔을 내주었는데 그것이 생각보다 깊은 상처를 얻고 만 것이다. 평소의 그라면 하지 않을 무모한 선택이었다.

하지만 어쩔 수 없었다.

전마성의 무리들이 손녀를 언급한 이상 이렇게라도 빠져나와야 했다.

일단 장무위가 있으니 약간은 안심이 되었지만, 그렇다 해도 과연 장무위가 자신을 도울까 하는 대목에 이르러서는 자신이 없었다.

어디에도 소속되어 있지 않은 그였다.

정도 아니고 사도 아니며 마도 아니다.

그저 본능에 따라 이익을 좇고, 때로는 변덕을 부리기도 했다. 그게 장무위였다. 그를 전적으로 믿을 수는 없었다. 게다가 자신을 찾아온 전마성 무리들을 보건대, 장무위에 대한 대비 역시 철저히 하고 왔을 공산이 컸다.

이런 큰 싸움이 벌어졌는데 싸락골 분타의 거지들은 물론 걸왕까지도 나타나지 않는 것으로 보아 충분히 예상할 수 있는 부분이었다.

걸왕 역시 마찬가지로 습격을 받았을 것이다.

저들의 목표는 명확했다.

걸왕과 소요검선 자신이었다. 화경의 고수는 전략적 차원에서 커다란 축이었다.

이쪽에 화경의 고수가 진을 치고 있다면 그를 막기 위해서는 상대도 대등한 전력을 내놓아야 전선이 유지되는 법이다.

게다가 걸왕과 소요검선은 지난 정마대전에서 정파의 기둥으로 널리 알려져 있었다. 그런 두 고수를 처리할 수 있다면 전마성 입장에서는 사기가 오를 것이고, 반대로 정파 쪽은 심적인 충격이 상당히 클 터였다.

무엇보다 이 습격이 가지는 중요한 의미는 따로 있었다.

"저들이 드디어 마각을 드러내는가……."

바로 전마성이 다시 정마대전을 일으킬 것이라는 점이었다. 이쪽은 정파의 안방이나 마찬가지였다. 그런데도 이만한 고수들이 들어와 있는 것을 여태 모르고 있었다는 것은 심각한 일이었다.

그들이 모르는 사이에 무언가가 진행되고 있다는 방증이었다. 이런 상황에서 자신과 걸왕이 죽고 정마대전이 일어난다면 준비를 하지 못한 정파는 속수무책으로 당할 수밖에 없었다.

"헛!"

그때 소요검선이 몸을 돌렸다. 그러자 그의 몸을 스치고 단창 하나가 맹렬하게 날아갔다.

콰콰쾅!

단창에 담긴 내력이 얼마나 컸는지 성인 두어 명이 양손을 맞잡아야 할 법한 아름드리나무 하나가 마치 화약이라도 쓴 것처럼 터져나갔다.

"크으음!"

소요검선 역시 완전히 피하지는 못하고 옆구리를 부여잡으며 신음을 흘렸다.

옆구리는 살이 뜯겨 나갔는지 살점이 너덜거리며 붙어 있었고, 부여잡은 손 사이로 피가 울컥하며 새어 나오고 있었다.

그럼에도 소요검선은 속도를 늦추지 않고 더욱 빠르게 발을 놀렸다. 그의 눈에 무위장이 점점 가까워지고 있었다.

장무위란 인간을 진정으로 믿기는 어렵다고 생각하면서도, 그의 발걸음은 저절로 무위장을 향할 수밖에 없었다.

그의 손녀를 위해서도……. 믿지 못할 인연이지만 동시에 이 위기의 상황을 극복할 수 있는 유일한 희망이었기 때문이었다.

"지독한!"

소요검선이 비록 부담되는 상대이지만, 화경의 경지를 밟은 지마 자신과 원로원의 흑살마를 비롯한 고수들의 합공이면 충분하다고 여겼다.

게다가 혈기들을 동원하여 힘을 어느 정도 빼면서 상대하면 문제없으리라 생각했었다. 그런데 소요검선이 그 포위를 뚫은 것이다.

게다가 포위가 풀리면서 원로원의 고수 세 명이 소요검선의 공격을 제대로 막아내지 못하고 소요검선에게 목이 달아나 버렸다.

명색이 초절정 고수라는 그들이 말이다.

물론 그 덕에 소요검선의 팔 한 짝을 쓰지 못하게는 만들었지만, 피해가 컸다.

문제는 소요검선이 포위망을 뚫고 도주하고 있는 상황에서, 그의 손녀를 사로잡으면 신호를 올리기로 했던 이들이 감감무소식이라는 점이었다.

그때 뒤쪽에서 혈기조장 하나가 지마에게 다급한 목소리를 내뱉었다.

"신호가 떴습니다!"

"소요 늙은이의 손녀를 잡은 게냐?"

"아닙니다! 화산파를 맡은 조에서 온 지원 요청입니다!"

"뭐?"

지마는 인상을 구겼다.

화산파의 군자 매화검은 최근에 초절정에 오른 고수였다. 하지만 그쪽 전력이라 해 봐야 일류라고 하기에는 애매한 화산 제자가 셋 있을 뿐이었다.

황금산의 호위 일부라면 그들을 상대하기에 충분한 전력이었다. 그런데 그쪽에서 지원을 요청하는 신호가 떴다는 것은 뭔가 문제가 있다는 뜻이다.

"설마 황금산이 실패한 건가?"

지마의 얼굴에 근심이 서렸다. 하지만 이내 표정을 굳히며 고개를 저었다.

"그래 봐야 독 안에 든 쥐다."

이곳에서 각기 따로따로 제거하는 게 가장 좋은 방법이었지만, 화경의 고수를 상대하는 데는 아무리 완벽을 기한다 해도 모자람이 있을 수 있다는 사실도 염두에 두고 있었다. 그렇기 때문에 계획이 조금 어긋나도 문제가 없도록 안배를 해 두었다.

지마는 이 일이 실패하리라고는 생각하지 않았다.

피해는 좀 있겠지만, 정파의 명망 높은 화경의 고수 두 명과 잠재적인 적 한 명을 제거한다면 향후 전마성과 정파 간의 전쟁에서 큰 우위를 점할 수 있었다.

비록 경지에 든 지 얼마 안 되지만 이쪽도 화경에 대비되는 극마의 고수가 둘이다. 정확히 말하자면 제어가 안 되는 극마의 고수까지 합해서 셋이다.

그 뒤를 원로원의 초절정과 절정 고수들이 뒷받침하고 있으니 실패할 리가 없었다.

"황금당주가 실패했다 하더라도 상관없지. 모두 이곳에 묻어주마."

"그가 실패했어도 장무위란 자가 당장 자유롭지는 못할 겁니다. 환요궁주가 있으니 말입니다."

흑살마가 뒤따르며 지마의 의견에 힘을 실었다.

"그래, 환요궁주라면 시간을 끌고도 남겠지. 안 그래도 여자를 밝히는 놈이라니까."

"일단 모든 인원을 불러 모으겠습니다. 아무래도 원래 계획대로 무위장을 무덤 삼아야 할 모양이니 말입니다."

"그러게나."

지마의 허락을 구한 흑살마가 뒤쪽을 향해 고개를 살짝 끄덕였다. 그러자 혈기조장이 하늘을 향해 뭔가를 쏘아 올렸다.

하늘로 솟구친 불꽃이 팡 하고 터지며 적색과 황색의 연기를 만들어 내었다.

"제길!"

화경의 고수를 쫓는 일이 쉽지는 않았다. 아무리 악명을 떨치던 혈기들이라 해도 그 무위는 일류가 대부분이고 조장급은 되어야 절정 문턱이었다.

당연히 이런 추격전은 내력이 달리는 그들로서는 죽을 맛이었다.

"힘들지?"

"당연……."

대답을 하려던 혈기가 다급히 고개를 돌렸다.

왠지 어감이 이상했기 때문이었다.

우두두둑!

하지만 고개는 그가 원하는 만큼만 돌아간 것이 아니었

다.

시야가 멈추지 않고 한 바퀴 이상 돌아가 버렸다. 당연히 누군가의 얼굴이 잠시 스쳐 지나갔지만, 더 이상 그가 누군지는 알 수 없었다.

혈기의 목을 한 바퀴 돌려 버린 장무위가 조심스럽게 그를 내려놓고 호흡을 가다듬었다.

"이거 완전 주워 먹기네."

히죽 웃은 장무위가 옆에 있는 바위를 밟고 땅을 박찼다. 바람처럼 솟구친 그의 신형이 또 다른 먹잇감을 향해 움직여 나갔다.

"뭔가 이상한데?"

앞을 향해 달리던 혈기 하나가 찜찜함을 숨기지 못하고 고개를 돌렸다. 뒤쪽에 처져 따라오고 있을 이들의 인기척이 점점 사라지는 느낌이었다.

게다가 묘한 파공음이 뒤쪽에서 울려오는 것도 들렸다.

"엇!"

"어이쿠!"

고개를 돌린 혈기가 놀란 음성을 흘렸고, 그와 시선을 마주친 괴인이 아쉽다는 표정으로 주먹을 날리고 있었다.

뻐억! 우지끈!

안면이 그대로 함몰되며 날아간 혈기의 몸뚱이가 나무에 부딪치며 처참한 소리를 만들어 내었다.

"쳇! 더 할 수 있었는데."

"무슨 소리냐!"

앞쪽에서 날카로운 외침이 들려왔지만, 장무위는 이미 사라지고 없었다.

"이런!"

혈기조장 하나가 달려와 부러진 나무 아래에 안면이 함몰되고 척추가 부서진 채 죽어 버린 혈기를 발견했다.

"이건……?"

"습격이다."

또 다른 혈기가 심각한 표정으로 물었다.

"누굴까요?"

"일단 추적을 계속……."

콰쾅!

이번에는 앞쪽에서 굉음이 울려 퍼졌다.

"빌어먹을!"

잠시 뒤로 모여들었던 혈기조장과 혈기들은 재빨리 앞으로 달려 나갔다. 그곳에는 누가 던졌는지 커다란 바위가 놓여 있었고 밑에는 짜부라진 채 숨을 거둔 혈기조장이 놓여 있었다.

"으음."

바위의 크기가 꽤나 컸기에 대략적인 무위가 절정 이상은 될 것이라 짐작할 수 있었다.

"모두 빨리 이동한다. 선두로 가자!"

정체불명의 괴한이 걸렸지만 방법은 없었다. 지금 가장 중요한 것은 소요검선이었다. 추적을 위해 앞뒤로 길게 늘어졌던 대열이 이런 결과를 불러왔다고 판단한 그들은 몇 명씩 뭉쳐 추적 속도를 높이기 시작했다.

"무슨 소리냐!"

한창 달리던 지마가 인상을 쓰며 묻자 뒤따르던 혈기조장이 심각한 표정을 지으며 다가와 말했다.

"누군가 습격을 하고 있습니다."

"습격?"

"정확하지 않지만…… 확인을 위해 신호를 보내 보았는데 서른 가까이가 답이 없었습니다."

"……."

비밀 작전을 주로 하는 혈기끼리는 생존 확인을 위해 일반인이 듣기 어려운 신호음을 쏘아 보내는 피리를 썼다.

그런데 서른 가까이가 답이 없다는 것은 그 서른 명이 이미 죽었거나 그에 상응하는 일을 당했다는 의미라고 봐야 한다.

"무시한다. 목표는 소요검선이다. 습격하는 놈이 누군지는 모르겠지만 소요검선을 돕기 위함이 분명하다."

"알겠습니다."

씁쓸한 표정으로 대답한 혈기조가 뒤쪽으로 전음을 날리기 시작했다.

최대한 조심하면서 소요검선을 추적하라는 내용이었다.

우둑!

또 한 명의 목을 돌려 버린 장무위가 인상을 쓰며 숲 너머를 바라보았다. 그가 노리던 기운들이 점점 속도를 높여 갔기 때문이었다.

"에이 씨, 장원 근처에서 싸우면 안 되는데."

최대한 장원에 피해가 가지 않도록 머리를 써 봤지만 결과가 신통치 않자 인상을 찌푸리는 장무위였다.

第八章

무위장으로!

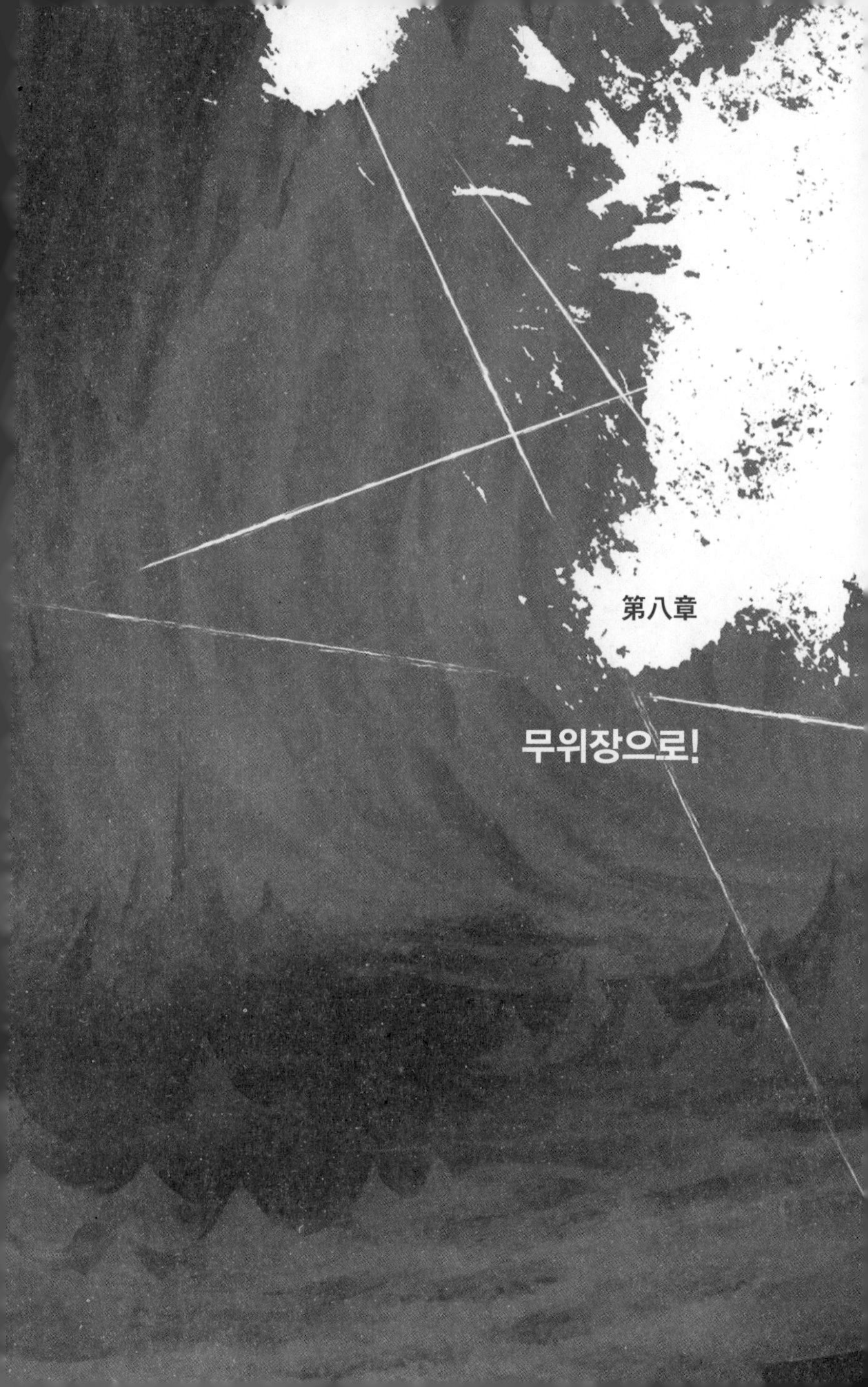

수풀을 가로질러 장원으로 향하던 장무위의 얼굴이 일그러졌다. 뭔가 다급한 숨결이 느껴졌던 것이다. 그것도 익숙한 기색이었다.

"젠장, 귀가 밝아진 게 이럴 땐 별로 안 좋네."

인상을 찡그린 장무위가 장원을 바라보았다.

"뭐, 망가지면 수리비 받아 내면 되니까. 소요네 집이 꽤 산다고 했지, 아마?"

이미 황금산으로부터 장원을 몇 번은 다시 지어도 될 만큼의 수리비를 챙겼지만, 그것은 자신의 불로소득으로 간주했다.

"쯧. 편하게 살고 싶었건만."

장무위가 신형을 날렸다.

"훅! 훅!"

"조금만 더!"

광개와 취면개가 피범벅이 된 채로 달리고 있었다. 그들이 달리는 방향은 바로 무위장이 있는 쪽이었다.

"빌어먹을!"

달리던 광개가 욕을 내질렀다.

상황이 나쁘기도 나빴지만, 울분이 차올랐기 때문이었다.

싸락골 분타의 수하들이 다 죽었을지도 모르는 판국에, 그들은 복수를 하기는커녕 태상장로인 걸왕이 시간을 벌어주는 사이에 도주나 하고 있으니 말이다.

"어서, 어서 알려야 합니다!"

"알리면? 도와는 주고?"

"그래도 장주님이라면……."

"젠장! 그 양반이 우릴 왜 도와! 돈이라도 내놓으며 도와달래도 해 줄까 말까 한 판국에!"

광개의 외침에 취면개는 고개를 숙였다.

"빌어먹을, 우리 애들 시체라도 거둬 줘야 하는데…….

크흑."

"그런 걱정은 할 필요 없다."

앞에서 들려온 목소리에 도주하던 광개와 취면개의 걸음이 멈추었다. 십여 명의 혈기들이 그들을 향해 걸어 나오고 있었기 때문이었다.

지칠 대로 지친 광개와 취면개에게는 충분히 부담스러운 상대였다. 그때 혈기 중 하나가 입을 열었다.

"그 거지들은 동네 개들이 알아서 처리해 줄 거다. 먹기 좋게 잘라 놨으니까 말이야."

"……."

광개의 눈시울이 벌게졌다.

또 한 명의 혈기가 이죽거렸다.

"거지 근성은 버리지 못하는지 한 놈은 죽는 와중에도 고깃덩이를 붙잡고 눈물을 흘리더군."

"젠장……."

취면개가 이를 갈았다.

그 고깃덩이는 분타의 인원들과 나누어 먹기 위해 가져왔을 게 뻔했다. 개방이라고 해서 다를 게 없었다.

누군가가 잔치를 벌이면 그날은 개방의 거지들도 잔치를 벌인다. 강호에 속해 있지만 한적한 이곳의 거지들에게 그런 날은 정말 행복한 날이다.

"차라리 먹게 해 주지 그랬냐. 먹고 죽은 귀신은 때깔도 좋다던데."

광개가 이를 악물고 말했다. 광개의 말에 혈기 중 하나가 시답잖다는 표정으로 대답했다.

"거지가 때깔 좋아 봐야 거지지. 안 그런가? 어차피 죽으면 다 똑같아."

"맞아, 정답이야."

우두둑!

누군가가 대답을 했다. 그리고 동시에 말을 하던 혈기의 목이 돌아갔다.

"뭐, 뭐냐?"

"조심해!"

순간 당황한 혈기들이 죽은 동료의 양옆으로 펼쳐졌다. 그곳에는 목이 부러진 채 혀를 내밀고 죽어 있는 혈기를 한 손에 든 장무위가 서 있었다.

장무위가 축 늘어진 혈기의 시체를 들어 올리며 말을 이었다.

"봐, 별것 없거든. 살아서야 거지고 부자지, 죽으면 다 똑같아. 그냥 고깃덩어리일 뿐이야."

담담하게 말을 내뱉는 장무위를 혈기들은 잔뜩 긴장한 눈으로 바라보고 있었다. 그들의 시선을 눈치챈 장무위가 손에 들고 있던 혈기의 시체를 귀찮다는 듯 한쪽에 툭 던져 놓았다.

그런 장무위를 본 취면개가 울먹였다.

"대사부 형님."

"너까지 대사부 형님이냐? 장주된 지가 언젠데."

"우리 애들 다 죽었답니다."

"들었다."

"무위장에서 고기 얻어 가고 있는데 말입니다!"

"그러게……."

울먹이는 취면개의 허리춤에는 쫓기는 와중에도 풀어 놓지 않았던 보따리가 그대로 묶여 있었다. 구수한 냄새가 나는 게 오늘 송화가 구운 오리고기며 만두 같은 것이 들어 있는 듯했다.

취면개를 바라보는 장무위의 표정은 씁쓸하기 그지없었다. 그런 장무위를 굳은 표정으로 바라보던 혈기 중 하나가 입을 열었다.

"본 전마성에서 귀하를 귀하게 모신다고 들었습니다."

"그러더라. 황금산인가 뭔가가 돈도 많이 주고 여자도 많이 준다데."

"그 제의를 거절하신 겁니까?"

장무위가 이곳에 나타났다는 것 자체가 이미 일이 틀어

졌다는 뜻이나 마찬가지였다.

그런데도 이런 질문을 던지는 것이 마치 시간을 끄는 듯했다. 하지만 장무위는 아랑곳하지 않고 그 질문을 받아 주었다.

"뭐, 받아들일까 싶긴 했는데……."

장무위가 주변을 쓸어 보며 말을 흐렸다. 울분에 차 있는 광개와 어깨까지 들썩이며 눈물을 터트리고 있는 취면개가 눈에 들어왔다.

장무위가 다시 말을 이었다.

"늬들이 내 손님을 건드렸잖냐."

"……."

장무위의 눈빛이 싸늘하게 변했다. 혈기들은 그의 시선을 마주하며 잔뜩 긴장했다.

장무위가 다시 말을 이었다.

"그리고 또 한 가지, 난 전쟁이 싫어서 도망 다니던 놈인데……."

장무위의 싸늘했던 눈빛에 불길이 일기 시작했다. 눈썹은 역팔자로 휘어 올라갔고 미간과 콧잔등에는 호랑이처럼 성난 주름이 깊게 파였다.

"……늬들이 날 불러 낸 거다."

장무위가 사라졌다.

콰득!

혈기 하나의 가슴팍을 뚫고 장무위의 주먹이 튀어나왔다. 비명도 지르지 못한 혈기가 채 쓰러지기도 전에 또 다른 혈기의 앞에 나타난 장무위가 어디서 났는지 몽둥이로 머리통을 후려갈겼다.

퍼억!

수박 터지는 소리와 함께 머리를 강타당한 혈기가 고꾸라졌다. 사방으로 뿌려지는 피를 보며 장무위가 붉게 물든 눈으로 말했다.

“알았냐? 쌍놈들아.”

남은 혈기들을 향해 장무위가 사신과 같이 달려들었다.

콰콰쾅!

“크윽!”

“이런, 천하의 걸왕이 정말로 거지꼴이 다 되었구려?”

인마가 이죽거리며 걸왕을 바라보았다.

걸왕은 광혈마의 공격은 막았지만, 이어지는 가불의 일격을 허용할 수밖에 없었다.

비틀거리며 뒤로 물러서는 걸왕의 몰골은 그다지 좋지 않았다. 하지만 형형한 눈빛은 아직도 그가 살아 있다는 것을 증명했다.

"쿨럭!"

피를 한 움큼 토해낸 걸왕이 소매로 입가를 닦았다. 그런 걸왕을 보며 인마가 다시 말을 걸었다.

"거지 둘을 무위장으로 보낸다고 이 상황이 달라질까?"

"……."

이를 악문 걸왕이 주변에 널린 시체들을 바라보았다.

족히 수십은 되었다.

그중에는 전마성의 원로도 섞여 있었다. 하지만 정작 중요한 인마와 가불 그리고 광혈마에게는 제대로 손을 쓰지 못했다.

상황을 살피는 걸왕에게 인마가 계속 말을 걸었다.

"지금까지 조용한 것을 보면 모르겠는가? 무위장으로 가도 별무소용이라는 거라네. 그래서 두 놈이 도망쳐도 그냥 놔둔 것이고. 어차피 무위장으로 가 봤자 똑같다는 거지."

"늬들…… 장무위 알아?"

피를 마저 닦아낸 걸왕이 붉게 물든 이를 드러내며 웃었다. 걸왕의 질문에 인마가 피식 웃으며 대답했다.

"알 필요 있는가? 들어보니 단순한 이던데."

"단순하지. 황금 좋아하고 여자 좋아하고 놀기 좋아하고 성질은 개 같고……. 참으로 지랄 맞은 인간이지."

걸왕의 대답에 인마는 잠시 얼떨떨한 표정을 지었다. 조금이나마 친분이 있을까 걱정되었던 인물의 입에서 나오는 말인데 칭찬은커녕 험담을 가뿐하게 넘어서는 이야기들이었다.

"뭐, 같이 있어 본 이가 그렇다면 그렇겠지."

"그런데 내가 왜 이러냐고? 솔직히 내가 코앞에서 뒈져나가도 그 인간이 도와줄 거라고는 생각 못 하겠다."

"그런데 왜 미련을 갖지?"

인마가 궁금하다는 투로 물었다.

그러자 걸왕이 대답했다.

"늬들 우리 애들 다 죽였다며?"

"죽였지. 시끄러워지면 안 되니까."

"게다가 이전에 왕곰 어쩌고 끌고 와서 막가파 건드린 것도 늬들이고."

인마는 싸락골 습격에 동원되었던 혈마단 부단주 적면마를 떠올리며 대답했다.

"그랬지. 네놈이 있는 줄은 몰랐으니 애꿎은 친구가 희생됐지."

인마의 대답에 걸왕이 웃음을 흘리며 말했다.

"그거 내가 안 했느니라."

"뭐?"

"내가 안 했다고. 마공 익히다가 귀까지 먹었느냐?"

"……."

걸왕의 대답에 인마의 얼굴이 살짝 굳어졌다. 하지만 이내 표정을 풀며 냉정하게 말했다.

"장무위란 이가 했겠군."

"그래."

"그래 봐야 흑도 몇 죽은 일이야. 손해는 우리가 감수하면 될 뿐."

인마의 대답에 걸왕이 웃음을 터트렸다.

"클클클!"

"뭐가 우습지?"

뜬금없이 웃음을 흘리는 걸왕을 보며 인마가 어이없다는 듯 물었다.

"늬들이 한 미친 짓 때문에 그런다."

"미친 짓? 천하의 걸왕과 소요검선을 노린 것?"

인마의 질문에 걸왕이 고개를 절레절레 저었다. 그러자 가불이 혀를 차며 물었다.

"설마 흑도패 죽이고 거지 몇 죽인 거? 겨우 그런 걸 말하는 건가?"

"흐흐흐."

그제야 걸왕이 고개를 끄덕였다. 여전히 생뚱맞은 웃음을 짓고 있는 걸왕에게 인마가 인상을 쓰며 말했다.

"미친 짓이라고 하니 그러려니 하지. 그런데 그게 왜 문제가 되지?"

"그런 말 들어 봤어?"

"무슨 말?"

고개를 갸웃거리는 인마에게 걸왕이 히죽 웃으며 말했다.

"이 동네 미친놈은 나다."

"뭐?"

"모르겠냐? 이 싸락골에 미친놈은 장무위 하나면 족하단 말이다."

걸왕의 말에 인마가 인상을 찌푸렸다.

"무슨 뚱딴지같은 소리를 늘어놓는 거냐?"

인상을 찌푸린 채 묻는 인마에게 걸왕이 히죽 웃으며 대답했다.

"늬들, 장무위란 미친놈의 영역을 침범한 거란 말이다."

"더 시간 끌지 맙시다!"

이 이상 듣기 귀찮다는 듯 가불이 끼어들었고 그보다 빨리 광혈마가 공력을 끌어 올려 걸왕을 향해 쌍장을 내질렀다.

콰콰콰쾅!

붉은 기운이 뭉쳐져 걸왕을 향해 쏘아져 나갔다. 그때 인마와 가불의 입에서 놀란 음성이 튀어나왔다.

"엇!"

콰앙!

충분히 피할 수 있음에도 걸왕이 쌍장을 피하지 않고 몸을 띄운 채 받아 냈기 때문이었다.

"크하하하하!"

멀리 날아가는 걸왕의 입에서 웃음소리가 터져 나왔다.

"영악한 늙은이 같으니라고."

혈기조장 하나가 다가와 보고를 올렸다.

"무위장 쪽입니다."

"안다. 아까 신호가 올라왔으니 일은 무위장에서 마무리해야겠구나."

"장무위는 제대로 포섭했을까요?"

가불이 다가와 묻자 인마가 무위장 방향을 바라보며 대답했다.

"했겠지. 세간의 평과 같은 인물이라면."

"하지만 걸왕의 말대로라면……."

"죽이면 되겠지. 어차피 그것까지 염두에 두고 온 것 아니던가? 아니지……. 혈마 부단주 그 아이에게 손을 쓴 게 그놈이라고 하니, 이참에 혈마단주 녀석에게 그놈의 머리통을 선물로 들고 가면 되겠군."

"알겠습니다."

말을 마친 인마가 무위장을 향해 몸을 날렸다. 그러자 혈기조장이 소요검선을 쫓던 이들이 쏘아 올린 것과 같은 폭죽을 쏘아 올리고는 뒤를 따랐다.

무위장이 있는 언덕을 향해 수많은 이들이 몸을 날리기 시작했다.

* * *

"이런 떠그랄!"

무위장으로 몸을 날린 걸왕의 상태는 별로 좋지 않았다. 아무리 공중에 몸을 띄워 피해를 최소화했다 하더라도 광혈마의 일장을 해소하기에는 충분하지 않았다.

내부가 들끓고, 시커멓게 죽은피가 솟구쳐 올랐다.

광혈마와 인마, 가불 셋 정도라면 충분히 시간을 들여 상대할 만했지만, 산전수전을 다 겪은 전마성 원로원의 고수들까지 합세하니 홀로 감당하기에는 너무 버거웠다.

그가 아무리 화경의 고수라 해도, 인마와 광혈마 역시 초입이지만 극마에 오른 고수였다. 게다가 나머지는 모두 초절정 혹은 절정이었다.

물론 초절정이나 절정의 고수쯤이야 화경의 고수 앞에서

는 그 숫자가 많든 적든 크게 상관없었지만 역시나 인마와 광혈마가 문제였다.

가끔씩 기회를 잡아 일격을 가하려고 하면 벌떼처럼 달려드는 혈기들로 인해 번번이 방해를 받으니, 시간이 갈수록 피해가 누적될 수밖에 없었다.

"이 동네에 오는 게 아니었어……."

무위장을 향해 경공을 펼치던 걸왕은 싸락골과 자신이 맞지 않는다는 것을 절감하고 있었다.

장무위에 의해 수모란 수모는 종류별로 다 당하였고, 나아가 전마성의 무리에게서 도주하고 있는 상황까지 왔으니 그렇게 생각하는 것도 무리는 아니었다.

하지만 그의 머릿속을 복잡하게 만드는 문제는 따로 있었다. 걸왕은 이따금 뒤를 돌아보며 굳은 표정을 지었다.

"어찌 된 일일까. 저 정도의 인원이 이곳까지 들어왔다니."

걸왕의 머릿속을 더욱 복잡하게 만드는 것은 바로 이 점이었다. 정예들만 추려서 왔다고는 하지만 결코 적은 수가 아니었다.

아무리 변장을 하고 따로따로 이곳까지 왔어도 개방의 눈은 천하에 다 퍼져 있었다.

그런데 일이 이 지경이 될 때까지 아무런 소식도 받지 못했다는 것은 무언가 문제가 있다는 의미였다.

"뭔지 모르겠지만, 놈들이 단단히 준비했어."

걸왕과 소요검선을 습격한 것만으로도 이미 정도맹과 전마성의 일전은 불가피했다. 하지만 이번 일만 봐도 전마성이 정도맹 모르게 뭔가를 꾸몄다는 것을 예상할 수 있었다.

"알려야 할 텐데……."

자신의 안위도 안위였지만, 전마성이 무엇인가를 꾸미고 있다는 사실을 정도맹에 알려야 한다는 생각이 먼저 들었다.

서로의 전력이 팽팽했던 이전 정마대전 때와는 달리, 이번에는 준비를 충분히 한 전마성에게 정도맹이 속절없이 밀릴 수도 있다고 판단했기 때문이었다.

"갑자기 극마에 다다른 놈들이 쏟아져 나오다니."

중요한 것은 또 있었다.

비록 초입에 불과하지만 화경의 경지와 비견되는 극마의 경지를 밟은 이가 자신에게 두 명이나 달려들었다.

그 말은 소요검선 쪽에도 최소한 한 명, 혹은 그 이상의 숫자가 붙었을 수도 있다는 뜻이었다.

초절정 이상의 고수는 절대적인 무력을 발휘한다는 점을 볼 때, 설령 전마성이 무엇을 꾸미는지 알았다 하더라도 정도맹이 불리할 수밖에 없다는 판단이 들었다.

그렇기 때문에라도 더욱 이 상황을 타개해야 한다.

평화로워 보이는 무위장이 걸왕의 눈에 들어왔다. 가까워지는 무위장을 바라보며 그가 이를 악물고 외쳤다.

"젠장, 이번 한 번만 도와주쇼! 그러면 누님이 아니라 아버지라고 부르라 해도 불러 줄 테니까!"

듣는 이 없는 외침이었지만 그만큼 걸왕의 처지는 절박했다.

"걸왕이군."

한발 먼저 무위장 앞에 도착해 있던 소요검선은 피식 웃으며 중얼거렸다.

"다행입니다. 걸왕께서도 무사하신 것을 보니 말입니다."

그런 소요검선을 보며 군자 매화검 현도가 안도의 한마디를 남겼다. 그때 청 자 배 제자들로부터 치료를 받고 있던 광개와 취면개에게서도 안도의 한숨이 흘러나왔다.

"태상장로님께서……."

"다, 다행입니다."

하지만 청운의 표정은 그리 좋지 않았다.

"다행이긴 한데 아버지라 부르겠다고 하시는 것을 보면……."

걸왕의 외침을 들은 청운이 씁쓸하게 웃으며 중얼거렸다. 그의 중얼거림에 일행들의 표정이 어두워졌다.

장무위라면 치를 떠는 걸왕이 저런 소리를 할 정도라면 그만큼 상황이 그리 좋지 않다는 의미였다.

일단 일행들이 각기 떨어져 있다가 하나로 뭉치게 되어 한숨은 돌렸다지만, 사방에서 느껴지는 기색이 만만치 않았다.

마치 토끼몰이를 하듯 주변을 포위하며 다가오는 느낌을 확연하게 받았기 때문이었다.

게다가 전력이 보존된 상태로 모인 게 아니라 각기 홀로 싸우다가 몸이 상한 탓에 결코 좋은 상황은 아니었다.

그나마 피해가 작은 게 현도 일행이었다.

"무위장주께서는?"

청운이 광개와 취면개를 구한 장무위를 찾았다. 하지만 광개는 고개를 저었다.

"우리를 구해 주긴 했는데 어디로 갔는지는 잘……."

걸왕을 도우러 갔는가 싶었지만, 방금 들려온 외침을 봐선 그것도 아니었다.

"으음."

현도가 수풀을 빠져나와 천천히 다가오고 있는 적들을 바라보았다.

소요검선을 쫓아왔던 이들이 느긋하게 포위를 굳히고 있었다. 선두에 선 이들에게서 느껴지는 내력이 현도로서는 가늠하기가 어려웠다.

"지마와 흑살마라는 자라네. 나머지는 전마성의 원로원에서 나온 마인들이지."

"지마!"

지마의 악명은 현도도 익히 들어 알고 있었다. 인마와 형제처럼 늘 같이 다니는 그들의 합공은 함께 있을 때 더 빛을 발했다.

"태상장로님을 공격했던 무리 중에는 인마가 있었습니다. 그리고 광혈마라는 고수도 있었습니다."

"광혈마?"

"혈마존을 그리 부르더군요."

혈마존이라는 이름에 현도가 놀란 모습을 감추지 못했다.

"혈마존이라니……. 그가 아직 살아 있었단 말이오?"

"극마지경에 올랐더군요."

"극마지경……."

현도는 할 말을 잃었다.

지금 눈앞에 있는 지마만 해도 가늠이 안 되는 것으로 보아 초절정 이상이라는 것을 예상할 수 있었다.

그렇다면 인마 역시 그에 비견되는 경지라 볼 수 있었는데, 극마지경에 오른 혈마존의 존재까지 알게 되니 더욱 부담이 될 수밖에 없었다.

"지마 또한 초입이지만 극마지경의 고수라네."

소요검선이 씁쓸하게 말을 이었다. 광개 역시 한마디 거들었다.

"태상장로께서 인마도 극마지경의 초입이라 하셨습니다."

"뭔 화경의 고수들이 이렇게 많……."

하도 어이없는 상황인지라 청운이 허탈한 음성으로 말을 하다가 입을 다물었다.

평생 먼발치에서도 한 번 볼까 말까 한 경지의 고수가 화경급의 고수다.

그런데 걸왕과 소요검선 등 화경의 고수들과 함께 생활한 것도 모자라, 이젠 전마성에서 쳐들어온 존재들이 다 화경급에 달하는 극마의 고수들이었다.

청운의 허탈한 감정은 당연한 것이다.

화경의 고수를 잡는데 그에 대응하는 고수가 오는 것도 당연했지만 말이다.

"뭐, 뭐야! 다 어디 갔어!"

무위장 안쪽에서 걸왕의 음성이 들려왔다.

모두가 고개를 돌리자 안 그래도 거지인 걸왕이 더 거지 같은 몰골로 무위장을 넘어 소요검선 일행이 있는 곳으로 달려왔다.

"다들 피했습니다."

걸왕에게 현도가 대신 대답을 해 주었다.

"피하다니! 장무위, 그 인간은!"

걸왕이 일그러진 얼굴로 질문하자 광개와 취면개가 씁쓸한 표정으로 대답했다.

"우리를 구해 주고 사라지셨습니다."

"이, 이런……."

걸왕의 얼굴이 더욱 일그러졌다.

본인도 그리 큰 기대는 없었지만 그래도 함께한 정이 조금이라도 있기에 기대감을 가졌던 것이다. 하지만 그의 모습이 보이지 않자 그 기대감은 와르르 무너졌다.

"……그 인간이 그래도 니들은 구해 주긴 했구나."

"예……."

취면개가 씁쓸한 표정으로 대답했다.

그 역시 걸왕을 도우러 갔을 것이라 생각했었기 때문이다.

"이제 다 모인 것인가?"

그때 걸왕을 뒤따라 왔던 인마와 가불, 광혈마가 지마와 흑살마가 있는 곳으로 날아 내려왔다.

"으음."

걸왕은 그제야 정면을 살폈다.

인마와 지마, 광혈마가 기세등등한 모습으로 그들을 바라보고 있었고 그 뒤로 광혈마와 가불 등 쟁쟁한 마도의 고수들이 포진하고 있었다.

주변 또한 원로원 고수로 보이는 이들이 혈기들과 함께 포위망을 촘촘히 구성하고 있었다.

"소요 선배, 많이 상하셨소."

걸왕이 허탈한 표정으로 소요검선의 옆구리를 바라보며 말을 꺼냈다. 그러자 소요검선 역시 검은 핏자국이 묻어 있는 걸왕의 입가를 보고는 씁쓰레한 얼굴로 대답했다.

"자네도 많이 상했구먼."

"끙."

"그나마 다행인 게 내 손녀는 놈들에게 잡히지 않은 듯허이."

"그랬구려."

걸왕은 소요검선이 상한 이유를 알아챘다.

아마도 저들은 소요검선의 손녀를 사로잡고자 했을 것이다.

당연히 손녀의 안위를 걱정한 소요검선은 급한 마음에

피해를 감수하고 포위를 뚫으며 여기까지 왔을 것이다.

"해후는 다들 나누셨는가?"

인마가 한 걸음 나서며 말하자 걸왕의 얼굴이 찌푸려졌다.

동시에 현도와 청 자 배 제자들, 그리고 광개와 취면개가 긴장한 모습으로 진영을 짰다.

"여기까지 온 것을 보니 누구를 기대했던 모양인데, 이거 일이 잘 안 된 것 같군."

지마가 마찬가지로 한 걸음 나서 인마 옆에 서며 미소를 지었다. 그러자 걸왕이 인상을 구기며 중얼거렸다.

"내가 미쳤지. 믿을 놈을 믿어야지."

걸왕의 입에서 한탄 어린 음성이 튀어나왔다.

그러자 인마가 웃으며 대꾸했다.

"이렇게 장원을 비운 것을 보니 우리 쪽과 이야기가 잘 되었나 보군."

인마의 말에 걸왕의 얼굴은 더욱 일그러졌고 소요검선은 살짝 눈을 감았다. 하지만 현도와 광개 등은 살짝 고개를 갸웃거렸다.

그들은 장무위를 만나보았기 때문에 뭔가 좀 이상하다고 느꼈던 것이다.

그때 흑살마가 퉁명스러운 표정으로 입을 열었다.

"흥! 그자가 황금당주의 회유를 받지 않았어도 어차피 결과는 달라지지 않았을 것이니 억울해할 필요 없다! 시체 한 구가 덜 생길 뿐이니 말이야."

"말 다 했냐?"

"응?"

순간 모두가 멍한 표정을 지었다.

누군가 흑살마의 말에 대꾸를 하긴 했는데 그게 소요검선과 걸왕 쪽은 아니었기 때문이었다. 오히려 흑살마가 있는 전마성 쪽이었다.

그때 인마가 얼굴을 굳히며 말했다.

"조심……."

콰아악!

흑살마가 서 있던 바닥에서 흙이 솟구쳐 오르며 무언가가 튀어나왔다. 동시에 물러서려는 흑살마의 하초를 붙들었다.

"끄어억!"

우두둑!

뭔가가 터져나가는 소리와 함께 흑살마의 눈알이 까뒤집어졌다. 뭔지 확인하지 않아도 알 수 있는 소리였다.

그것으로 끝이 아니었다.

흑살마가 하초를 움켜쥐고 무릎을 꿇자마자 지마를 향해

뭔가가 휘둘러졌다.

"읏!"

정면을 바라보고 있던 지마는 팔을 들어 올렸지만 그보다 빠르게 뭔가가 그를 강타했다.

쩌억!

"커억!"

뒤통수를 강타당한 지마가 땅에 엎어졌다.

"공격해!"

동시에 허공으로 솟구쳐 있는 인영을 향해 강맹한 장력이 몰려왔다.

콰콰쾅!

폭음이 터져 나갔지만, 장력들이 부딪힌 방향에는 아무것도 없었다.

걸왕과 소요검선 일행 앞에 사뿐히 내려선 이가 손을 털며 입을 열었다.

"앞으로는 아버지라 불러라, 거지야."

"아!"

뒤를 슬쩍 돌아보며 웃고 있는 이는 바로 장무위였다.

第九章

전장에 선 장무위

"크윽, 어떤 놈이……."

창졸간에 뒤통수를 가격당한 지마가 자신의 머리로 만들어 놓은 구덩이에서 몸을 일으키며 이를 갈았다.

"괜찮은가?"

인마가 걱정이 담긴 음성으로 물어왔다.

"골이 띵하네."

지마가 고개를 저으며 몸을 일으켰다. 그런 그의 염장을 지르는 한마디가 들려왔다.

"뭘 처먹었길래 대가리가 저리 단단하지? 아우! 발이 다 욱신거리네."

혼잣말에 가까운 투덜거림이었지만 듣는 지마로 하여금 분노를 불러일으키기에는 충분했다.

"네놈……?"

"장무위네."

"황금당주 따위는 무시하고 일을 치렀어야 했어."

장무위라는 말에 지마는 황금당주의 회유가 잘 먹히지 않았다는 것을 알아챘다. 그리고 지금 이 자리에 없어야 할 광개나 취면개가 있는 것도 그렇고 현도 일행의 행색이 비교적 멀쩡한 것도 그렇고, 모두 장무위가 움직인 결과라는 것쯤은 어렵지 않게 예상할 수 있었다.

혈기들이 소요검선의 손녀를 확보하지 못한 일까지 말이다. 하지만 지마는 이해가 안 간다는 듯 중얼거렸다.

"환요궁주는 뭘 한 거지?"

"뭘 하긴. 헐벗고 싸돌아다니는 게 불쌍해서, 유식한 말로 성불시켜줬지. 그래도 혹시 몰라 챙피해할까 봐 머리통은 친히 없애줬지. 이렇게."

장무위가 발을 한 번 올렸다가 무언가를 밟는 시늉을 했다.

그 행동에 지마가 발끈하며 외쳤다.

"네놈에게 한 말이 아니다!"

"지랄! 할 말이 아니었으면 속으로 삼키지 주둥이로 나불

거리긴. 여기서 그 정도도 못 듣는 놈이 어딨냐?"

장무위가 어이없다는 듯 주절대자 그의 뒤에 있던 소요검선을 비롯한 일행들이 약속이라도 한 듯 일제히 고개를 끄덕였다.

"저, 저놈이!"

지마가 열이 받는 듯 뒤통수를 잡으며 말하자 장무위는 오히려 더 열을 내었다.

"오메, 저런 애미, 애비도 못 알아보는 쌍놈을 봤나. 내 나이가 몇인데, 어따 대고 이놈 저놈이야? 앙!"

이번에도 마찬가지로 장무위 뒤에 서 있던 일행들이 동시에 고개를 끄덕였다.

"크윽!"

한마디 던지면 복리 이자까지 붙어서 날아오는 장무위의 대답과 그 일행들의 반응에 지마는 이를 갈았다. 하지만 지마가 이를 갈아도 장무위의 입은 멈추지 않았다.

"그러다 이빨 상한다. 젊은 놈이 벌써부터 이빨 나가면 관짝에 기어들어 갈 때까지 죽만 먹고 살 거냐?"

"풉!"

이번에는 장무위의 뒤에서 웃음까지 튀어나왔다. 웃음의 주인은 청 자 배 제자들이었다.

더욱 험하게 이를 가는 지마에게 인마가 손을 들어 제지하며 말했다.

“말을 섞지 말게나. 미친놈일세.”

인마의 말에 장무위 뒤에 있던 일행 중 유일하게 걸왕이 공감한다는 표정으로 고개를 끄덕거렸다.

“이 새끼!”

퍼억!

“컥!”

장무위의 주먹이 걸왕의 눈탱이를 강타했다.

걸왕이 눈을 감싸 쥐고 비틀거리자, 인마와 지마를 비롯한 전마성의 무사들이 그를 어이없이 바라보았다.

말은 안 했지만 그들의 표정에는 똑같은 감정이 스쳐 지나갔다.

‘미친놈이다!’

하지만 인마와 지마 등 전마성 고수들의 표정은 살짝 굳어져 있었다.

인마의 시선은 장무위가 솟구쳐 올라온 땅을 향하고 있었다. 그가 숨어 있는 것을 이 중 아무도 눈치채지 못했던 것이다.

가불이 아랫도리를 움켜쥔 채 거품을 물고 있는 광혈마를 바라보며 욕설을 뱉었다.

“빌어먹을 일이군. 두더지 새끼도 아니고.”

"두더지 새끼에게 거시기 터진 놈은 병신이지. 달고 살 자격이 없어."

"이익!"

한마디 한마디에 바로바로 반응해 주는 장무위 덕에 가불도 발끈했지만 인마가 그를 제지했다.

"휘말릴 필요 없다."

"예."

"새끼, 덤비긴 무서우니까 말 듣는 척하는 거 봐라. 내가 겁나냐? 너도 필요 없는 것 같으니까 떼 주랴?"

"크아악!"

가불이 가슴에 생긴 응어리를 풀듯이 고함을 터트렸다.

그러나 장무위는 가불의 반응에도 아랑곳없이, 태연하게 한마디 덧붙였다.

"그러다 목쉰다. 그래가지고 초식명이라도 제대로 읊겠냐?"

그렇게 이죽거리고 있는 장무위를 뒤에서 바라보던 청운이 중얼거렸다.

"장 어르신이 더 악당 같은데."

"그러게요."

"적이 오늘처럼 불쌍한 건 처음이다."

청운의 말에 청풍과 청수가 맞장구치듯 한마디씩 했다.

"화경씩이나 되는 놈이 이런 짓을 하다니."

지마가 장무위가 숨어 있던 구덩이를 보며 혀를 찼다.

지금까지 살아오면서 숱한 대결을 해 왔다.

그중에는 물론 매복도 있었고, 함정도 있었다. 하지만 화경의 경지에 오른 고수가 이런 짓을 한 경우는 없었다.

자존감.

경지에 오른 이들은 그게 있었다.

그렇기 때문에 이런 일은 예상 밖이었다. 하지만 어찌 되었든 일은 벌어졌고, 처음 예상대로 그를 상대해야 했다.

"띠바, 화경이 밥 멕여 주냐?"

"격장지계도 정도껏이지."

지마는 자신이 한 말을 가지고 또다시 물고 늘어지는 장무위의 외침을 한 귀로 듣고 한 귀로 흘리며 어이없다는 표정을 지었다.

"저건 격장지계가 아니라 그냥 원래 저런 인간인 듯하네."

"그렇게도 볼 수 있겠군."

인마의 말에 지마가 동의하였다. 그러는 와중에도 들려오는 목소리.

"그래에! 나 원래 이렇게 태어났다! 이 대가리에 피도 안 마른 것들이 어른을 가지고 놀려!"

인마가 슬쩍 쳐다보니 장무위의 뒤에 있는 이들도 고개를 설설 젓거나 한숨을 쉬고 있었다. 그것만으로도 저들 사이에서 장무위가 어떤 대접을 받는지 알 것 같았다.

"가불."

"예, 인마님."

"일단 흑살마는 뒤로 물려 놓게."

장무위에게 아랫도리를 뜯기는 바람에 잠시 정신을 잃었던 흑살마가 벌게진 얼굴로 외쳤다.

"내 저놈의 거시기를 씹어 먹기 전까지는 못 물러납니다!"

"저 새끼, 먹을 게 없어서 남의 거시기를 노려. 뜯고 보니 하도 작아서 난 거기 털인 줄 알았구만."

"커억!"

흑살마가 뒤통수를 잡았다.

"일단 몸을 추스르게."

"지마님!"

흑살마가 억울하다는 듯 외쳤지만 지마는 단호하게 고개를 저었다. 그리고 가불이 다가와 그를 다독였다.

"잠시 숨만 좀 돌리게. 충분히 자네가 복수할 수 있게 해 줄 테니."

"이보게, 가불!"

"일단 치료가 먼저일세."

가불이 다시 한 번 만류하자 흑살마가 충혈된 눈으로 장무위를 바라보았다.

장무위가 엄지손가락과 집게손가락으로 아주 작은 크기를 표현하는 동작을 하며 말했다.

"쬐끄만 게."

"……."

흑살마는 순간 울컥했지만 피눈물을 흘리며 뒤로 물러섰다.

"이제 장난은 그만하지."

인마와 지마가 장무위를 보고 섰다. 그리고 흑살마를 달랜 가불 역시 장무위를 노려보고 서 있었다.

비록 흑살마가 불의의 일격을 당했다지만 이쪽이 질 싸움은 아니었다. 응급처치를 했어도 소요검선과 걸왕의 상태는 그리 좋지 못했다.

매화 군자검이 비교적 피해가 적고 초절정이라 해도, 그를 상대할 만한 전력은 충분했다.

이쪽 역시 혈기들이 많이 죽어 나갔지만, 실질적인 주력이라 할 수 있는 원로원의 고수들이 아직 상당히 남아 있었기 때문이다.

무엇보다 중요한 것은 인마와 지마 그리고 광혈마 등 극마의 고수들이 전력을 거의 보전하고 있다는 점이었다.

이 상황에서 주의를 기울일 이는 하나뿐이었다.

바로 장무위다.

"장무위, 저놈부터 잡지?"

지마가 이를 갈며 말하자 인마가 고개를 저으며 대답했다.

"그보단 소요검선과 걸왕을 먼저 끝내는 게 좋겠네."

"끄응."

피해가 있다 해도 화경은 화경이었다.

땅 파고 이상한 짓을 하는 장무위보다는 정마대전에서 무수한 전마성 고수들의 피를 불렀던 저 두 명이 더 위험했다.

회복하기 전에 처리를 해야 한다는 의미였다.

"어쩔 수 없지."

인마의 말에 지마는 머리끝까지 치솟은 열기를 식히며 수긍했다.

그때였다.

장무위의 우렁찬 음성이 들려왔다.

"인마!"

"음."

인마가 살짝 인상을 썼다. 더 이상 대화가 필요 없기 때문이었다. 하지만 장무위는 그만을 부른 게 아니었다.

"가불!"

"저 인간이 왜 날?"

가불은 고개를 갸웃거렸다. 어디까지나 이들을 이끄는 이는 인마와 지마였기 때문이었다. 하지만 그의 의문이 채 끝나기도 전에 장무위가 또 한 명의 이름을 언급했다.

"지마!"

"저놈!"

지마가 발끈했다. 인마가 손을 내밀어 지마를 진정시키며 대표로 입을 열었다.

"마지막으로 할 말이라도 있느냐?"

"뭔 소리야?"

인마의 물음에 장무위가 눈을 동그랗게 뜨며 고개를 갸웃거렸다. 그러자 침착함을 유지하던 인마도 마침내 짜증을 드러내며 말을 뱉었다.

"이름을 불렀으면 말을 해야 하지 않는가."

"뭔 이름을 불러?"

"장난치는 것이냐."

인마가 노기 어린 음성을 내뱉자 장무위가 어이없다는 듯 말했다.

"인마 까불 지마. 앙? 말도 못 알아들어? 인마, 까불지 말라고오!"

"……."

장난이 맞았다.

장무위를 바라보던 인마의 얼굴이 파르르 떨렸다. 잠시 후, 그의 입이 열렸다.

"장무위, 저놈부터 처리한다."

동시에 전마성 고수들이 움직이기 시작했다.

*　　*　　*

"온다!"

청운이 바짝 긴장한 채로 외쳤다.

그가 말하지 않아도 이미 일행들은 각자 적을 맞을 준비를 하고 있었다.

장무위가 압박해 오는 전마성 고수들을 보며 퉁명스럽게 말했다.

"느려 터져가지고선."

그렇게 투덜거린 장무위는 뒤를 돌아보았다. 소요검선과 걸왕이 내력을 끌어 올리고 있는 모습이 눈에 들어왔다.

"잘들 버텨."

그 말을 남기고 장무위의 신형이 앞으로 쏘아져 나갔다. 마치 기다리기 귀찮다는 듯 말이다.

파파팡!

"놈이 먼저 온다!"

원로원 고수들 중 하나가 경고했다.

장무위가 내달리자 땅거죽이 푹푹 파였다. 보통 고수들과는 달리 요란한 발걸음이었다. 하지만 요란하면서도 그 속도는 눈으로 따라잡기 어려울 정도였다.

"빠르다!"

누군가가 감탄인지 동료들에게 하는 경고인지 모를 음성을 내뱉었다. 달려드는 장무위를 향해 지마가 나서며 외쳤다.

"놈! 입을 찢어 주리라!"

여태 쌓인 게 많았는지 지마의 장포는 온몸을 휘감는 내력에 의해 거세게 펄럭였다.

그때 장무위의 손이 뻗어 나왔다.

푸학!

"이런 잡스런 짓을!"

장무위가 지마의 앞에서 손을 펼치자 뭔가가 뿌려졌다. 동시에 지마는 장포 소매를 휘둘러 자신의 몸을 덮쳐오는 것을 흩어 버렸다.

곧바로 지마는 뒤에 이어질 장무위의 공격을 대비했다.

"응?"

지마의 눈앞에서 장무위가 사라졌다.

뭔가 불안감이 엄습했는지 지마는 재빨리 앞으로 달려 나가며 뒤를 돌아보았다.

"병신."

"……."

혹시나 아까처럼 뒤통수를 당할까 봐 취한 동작이었지만 뒤돌아선 그가 본 것은 멀어져 가는 장무위의 등이었다.

물론 장무위가 남긴 한 마디 욕설은 그의 귀에 확실하게 남아 있었다.

"놈이 도주를?"

장무위가 지마를 지나쳐 그대로 달려가는 것을 보고 가불이 인상을 찌푸렸다. 하지만 도주를 하기에는 방향이 안 좋았다.

원로원 고수들이 몰려 있는 방향이었기 때문이다. 하지만 그 방향을 바라보던 가불이 눈을 동그랗게 떴다.

"설마!"

가불의 시선이 멈춘 곳은 바로 흑살마였다. 그리고 바로 그곳에서 장무위의 신형이 멈추었다.

"헛!"

흑살마는 순식간에 자신의 앞으로 달려들어 온 장무위를 보며 헛바람을 삼켰다.

설마하니 자신에게 바로 달려올 것이라고는 예상하지 못했다. 다른 고수들이 있었지만, 화경이나 되는 고수가 작정하고 달려온 이상 대응이 한 박자 늦을 수밖에 없었다.

"크아압!"

흑살마가 급히 양손에 내력을 끌어모았다.

그의 양손이 검게 물들기 시작했다. 그를 흑살마라 불리게 만들어준 그의 성명절기, 흑살마장이었다.

"놈! 또다시 당할쏘냐!"

내력을 모은 양손을 앞으로 내밀었다. 아니, 정확히는 내밀려 했다.

터턱!

"헛!"

흑살마의 두 손이 채 내밀어지기도 전에 장무위가 그의 양손을 붙잡았다.

"요놈."

장무위가 히죽 웃으며 양손을 제압당한 흑살마를 바라보았다. 순간 흑살마는 보았다.

장무위의 눈이 자신의 하체를 한 번 쓸어가는 것을 말이다.

흑살마는 다리를 오그렸다.

하지만 동시에 흑살마는 세상이 옆으로 회전하는 것을 느꼈다.

순식간에 풍경이 바뀌었다.

장무위의 어깨너머로 자신이 등지고 있던 거목이 눈에 들어온 것이다.

"어엇!"

그의 귀로 원로들의 짧은 비명 소리가 들려왔다. 하지만 그것은 더 이상 그의 귓가로 들려오지 않았다.

퍼퍼펑! 퍼펑!

"크아아악!"

장무위에게 양손을 잡힌 흑살마가 등으로 날아드는 장력과 검기들을 얻어맞으며 찢어지는 비명을 질렀다.

장력과 검기는 흑살마를 구하기 위해 원로원 고수들이 뿌려낸 것들이었다.

"쿨럭!"

흑살마는 아득해지는 정신을 느끼며 피를 한 움큼 게워내었다. 그의 몸이 무너지려는 것을 잡아주는 이가 있었다.

장무위였다.

정확히는 무너지는 흑살마를 잡아준 게 아니라 여태 한 번도 그의 양팔을 놓지 않던 장무위였다. 흐릿해지는 그의 시야 속으로 웃고 있는 장무위의 얼굴이 들어왔다.

"정신 바짝 들게 해 주마."

"거, 거기……."

콰직!

순간 찰나지만 흑살마는 정신이 반짝하고 돌아오는 것을 느꼈다. 흑살마는 아래를 내려다보며 아까 미처 하지 못한 말을 머릿속으로 떠올렸다.

'거기는 안 되는데…….'

자신의 가랑이 사이에 깊이 박힌 장무위의 다리를 보곤 일그러진 얼굴로 다시 장무위를 바라보았다. 그리고 마지막 말을 남겼다.

"아, 악마 같은……."

흑살마의 마지막 말은 끝까지 이어지지 못했다.

절명한 흑살마를 그대로 아무렇게나 팽개친 장무위가 질린 얼굴의 전마성 원로들을 바라보며 자신의 다리를 들어 올렸다.

"어떤 놈부터 터쳐 줄까."

순간 모두가 본능적으로 다리를 오므렸다. 흑살마 같이 죽기 싫다는 표정이었다.

그들을 본 장무위가 싸늘한 미소를 지으며 중얼거렸다.

"자, 이제부터 니들이 그토록 원하던 전쟁이다……."

파아앙!

장무위의 신형이 공기를 뚫고 달려갔다.

그의 몸이 멈춘 것은 순간적으로 장무위의 신형을 놓치고 당황하는 원로원 고수 중 한 명의 앞이었다.

그 앞에 멈춰 선 장무위가 주먹을 말아 쥐며 다시 말했다.

"……그러니 맘껏 즐겨 봐라."

주먹을 날리는 장무위의 표정은 왠지 슬퍼 보였다.

"흑살마!"

흑살마가 무너져 내리는 것을 보고 가불이 뛰어들려 하자 인마가 그를 제지하며 말했다.

"일단 앞에 신경을 써야겠네."

"하지만 인마님!"

"차라리 잘되었지. 가장 멀쩡한 놈이 떨어져 나갔으니 말이야."

인마가 정면을 바라보며 말했다.

혈기들과 지마, 그리고 광혈마의 공격을 받기 시작한 소요검선과 걸왕 일행들의 모습이 보였다. 숨은 조금 돌렸다지만 몸 상태가 정상이 아닌 탓에 고전을 면치 못하고 있었다.

"……알겠습니다."

친했던 흑살마의 죽음이었지만 가불은 인마의 말에 따르기로 했다. 인마와 가불이 각자 걸왕과 소요검선을 향해 날아갔다.

소요검선은 지마를 상대하다가 인마까지 합공을 하자 인상을 찡그렸다.

같은 경지라 해도 그 차이는 크다.

화경의 끝자락을 바라보는 그와 화경의 경지에 비견되는 극마 초입에 이른 지마나 인마 사이의 차이는 적다고 할 수 없었다. 그러나 소요검선의 상태는 좋지 않았고, 상대는 아직 여력이 충분했다.

게다가 둘이었다.

"충분히 힘을 뺐다고 생각했는데 아직 정정하시구려."

인마가 약간은 감탄 어린 말을 내뱉었다.

"일단 내 손녀가 안전하다는 것을 알게 되지 않았나."

소요검선이 담담하게 대답했다. 그러자 지마가 비꼬며 말했다.

"시간을 끄는 것을 보니 저 망종 같은 놈을 기다리는구려. 하는 짓이라곤 치졸하기 짝이 없는 놈을 말이오."

정파의 자부심을 건드릴 만한 말이었다. 하지만 소요검선은 차분하게 대답했다.

"극마씩이나 되는 이의 자존심은 여아를 인질로 잡는 것인가?"

"크으음."

말을 꺼냈다가 본전도 못 찾은 지마가 입을 다물었다.

그의 말대로 창피한 일이기는 했다.

하지만 그들 입장에서는 만약을 대비해야 했다. 자칫 소요검선이 손녀를 데리고 빠져나가 버리면 일이 크게 틀어지기 때문이다.

그것을 막기 위해서는 어쩔 수 없었다.

이곳은 엄연히 정파의 영역.

빠져나간 소요검선을 언제까지고 추격할 수는 없었다.

어디까지나 이 싸락골 안에서 마무리 지어야 하는 일이었다.

소요검선이 다시 말했다.

"그에 비하면 저 친구의 행동은 문제 될 게 없지 않은가?"

"화경씩이나 되는 고수가 땅 파고 기습하고, 주둥이에서 내뱉는 말은 하나같이 시정잡배나 쓸 법한 소리 아니오? 고리타분한 정파의 거목 입에서 나올 말은 아니구려."

인마가 피식 웃으며 대답했다. 하지만 소요검선은 흔들리지 않는 표정으로 말했다.

"그게 저 친구의 싸우는 방식이고 살아온 환경인 것을 어쩌겠는가. 내가 고리타분하다고 해서 저 친구도 고리타분할 이유는 없지 않은가?"

소요검선의 대답이 의외였는지 인마가 허탈하게 웃으며 다시 물었다.

"허, 그렇다면 할 말은 없소이다. 그런데 정말 친구인 것이오? 도무지 어울리지가 않소이다."

"……."

인마의 질문에 소요검선은 잠시 생각하는 듯 침묵을 지키다 천천히 입을 열었다.

"친구라네. 그것도 내게는 과분한 친구라네."

소요검선이 웃으며 다시 검을 들어 올렸다.

"말 다 했으면 다시 어울려 보세나."

소요검선의 검이 수많은 검영을 만들어 내며 인마와 지마를 향해 뿌려졌다. 그리고 그를 향해 인마와 지마의 도와 검이 쏟아져 나갔다.

콰콰쾅!

"이런 떠그랄!"

걸왕의 몸이 튕겨져 나갔다.

그가 있던 자리에는 거대한 구덩이가 만들어졌다. 피한다고 피했지만, 워낙 그 위력이 강력했기에 몸이 밀려나간 것이었다.

"놈, 할 때까지 해 보자!"

"크아아아!"

튕겨 나간 걸왕이 자신에게 장력을 쏘아 보낸 광혈마에게로 다시 쏘아져 갔다.

위력이 강한 만큼 한 번 쏘아낸 후의 행동이 느린 편이었기 때문이었다.

물론 이것은 어디까지나 화경의 고수 입장에서였다.

"이거나 처먹어라!"

걸왕의 몸에서 붉은 용의 형상이 만들어졌다.

바닥을 박차며 날아가는 모습이 마치 용이 바다를 건너는 듯했다.

혈룡 오수 중 혈룡도해의 초식이었다.

콰콰콰!

공기를 찢어발기며 날아가는 걸왕을 향해 강기의 다발이 쏟아져 왔다.

"나를 무시하는 것이오!"

강기의 다발은 가불의 도에서 쏟아져 나간 것이었다.

하지만 걸왕은 멈추지 않았다. 그렇다고 아무런 영향을 끼치지 못한 것은 아니었다. 쏘아져 나가는 그의 기세가 줄어든 것이었다.

"제엔장맞을!"

콰쾅!

걸왕의 얼굴이 찌푸려졌다.

충분히 통하리라 생각했던 일격을 광혈마가 막아냈기 때문이다.

가불의 방해 탓이었다.

"크악!"

걸왕의 공격에 뒤로 주르륵 밀려갔던 광혈마가 괴성을 지르며 갈고리처럼 만든 손을 할퀴듯 휘둘렀다.

"이 괴물 같은 놈!"

아무리 막아냈다 하지만 그 충격이 만만찮을 것인데 그것을 무시하고 다시 공격해 오는 광혈마의 모습에 걸왕이 질린 얼굴을 했다.

콰드득!

"크으!"

갈고리 같은 손가락이 걸왕의 팔을 스쳤지만 그 소리는 마치 쇠를 긁는 듯했다. 그의 호신강기 덕분이었다. 하지만 피해가 없던 것은 아니었다.

그의 팔에 마치 맹수의 손톱에 긁힌 것 같은 깊은 고랑이 생겨났다.

하지만 공격이 끝난 것은 아니었다. 언제 왔는지 가불이 걸왕의 옆구리를 향해 도를 휘두르고 있었다.

서걱!

"큭!"

이번에는 아까와는 달리 살이 베이는 소리가 선명하게 울려왔다.

광혈마에 의해 흔들린 호신강기가 가불의 도에 베어진 것이다.

다행이라면 베어진 곳이 옆구리가 아니라 엉덩이 부분이라는 것이다.

"이거 천하의 걸왕을 베는 손맛이 참 좋구려."

"후욱, 훅!"

걸왕은 가불의 이죽거림을 한 귀로 흘리며 장무위가 있을 방향을 바라보았다.

지금 상황에서 기댈 사람은 장무위였다.

"정말 거지 같은 상황이로구나."

장무위에게 기대를 해야 하는 지금이 더 싫은 걸왕이었다.

* * *

"온다!"

장무위가 달려들자 전마성의 원로들과 혈기들이 그의 앞

을 가로막았다. 거대한 내력을 느끼고 힘을 합쳐 그를 막으려는 것이었다.

파앙!

하지만 장무위는 그대로 쏘아져 왔다.

강기라도 쏘아 보낼 줄 알았던 그들은 직접 쏘아져 오는 장무위를 보며 자세를 고쳐 잡았다.

"헛!"

제일 앞줄에 있던 혈기 하나가 헛바람을 집어삼켰다. 그의 앞에 당도한 장무위가 그대로 주먹을 휘둘렀기 때문이었다.

어떠한 초식도 형태도 없는 그저 주먹질에 불과했다.

하지만 그 주먹질을 하는 이는 다른 이도 아닌 화경급의 고수로 추측되는 장무위였다.

콰직!

주먹을 휘두르는 것을 알았지만 막을 수는 없었다. 언제 날아왔는지 장무위의 주먹이 혈기의 안면을 강타했기 때문이었다.

"조심해!"

얼굴을 얻어맞은 동료의 몸이 마치 풍차처럼 제자리에서 뱅글뱅글 돌다가 널브러졌다.

모두가 긴장하는 가운데 안면을 맞고 쓰러진 동료가 놓친 검을 장무위가 허공에서 그대로 낚아채는 모습이 눈에 들어

왔다.

순간 장무위의 몸이 여러 개로 늘어났다.

좌아악!

"크악!"

"노, 놈이 검을 잡았다!"

사방에서 비명이 터져 나왔다.

여러 개로 늘어난 장무위가 검을 휘두르자 사방에서 피가 튀기 시작한 것이다. 마치 분신술이라도 펼친 것과 같았다.

"놀라지 마라! 단지 빠르게 이동하는 것일 뿐이다!"

원로원 고수 중 하나가 당황해하는 혈기들에게 외쳤지만, 그 빠르기를 따라갈 수 있는 이들은 없었다. 심지어 경고를 해 준 원로 본인마저도 말이다.

"그럼 니가 막아 봐라."

"으헉!"

눈앞에 나타난 장무위의 모습에 원로가 뒤로 튕기듯 빠졌다. 하지만 장무위는 그를 따라가지 않고 바닥에 떨어진 단창을 발끝으로 쳐올려서 낚아채고 있었다.

"거, 검은?"

순간 물러서던 원로원의 고수는 장무위가 들고 있던 검의 행방을 궁금해했다. 하지만 그것은 곧 어렵지 않게 알 수 있었다.

갑자기 하복부를 불에 달군 것으로 헤집는 느낌이 들었기 때문이었다.

"이런 빌어먹을……."

아래를 내려다본 원로원 고수는 장무위가 들고 있던 검이 자신의 복부에 꽂혀 있는 것을 알 수 있었다. 비틀거리며 자신의 배에 박혀 있는 검 손잡이를 잡아 가던 그의 귀에 동료의 외침이 들려왔다.

"피하게!"

"뭐?"

검 손잡이를 잡고 고개를 들어 올린 그의 머리가 퍼석하고 박살이 났다. 실이 끊어진 연처럼 한쪽 구석에 처박힌 그의 몸을 지나 피에 물든 돌멩이 하나가 바닥에 나뒹굴었다.

장무위의 공격은 멈추지 않았다.

으적!

조금 전 동료에게 피하라고 외쳤던 원로원 고수의 안면에 장무위의 무릎이 작렬했다.

"쿨럭!"

얼굴이 뭉개지고 허연 이빨이 사방으로 튀었다. 비틀거리며 뒷걸음질을 치던 원로원 고수의 시야로 허공에 뜬 채 무릎으로 자신의 안면을 박살 낸 장무위의 모습이 들어왔다.

장무위는 단창을 양손으로 잡아 머리 위로 치켜들고 있었다.

"크윽!"

혼신의 힘을 다해 도를 들어 올려 거꾸로 내려찍히는 단창을 막아갔다. 장무위가 희번덕거리는 눈으로 말했다.

"너나 신경 써라."

콰작!

단창은 그의 도면을 부수고 가슴팍을 뚫더니 그대로 땅에 박혀 들었다.

우두둑!

단창에 의해 가슴뼈가 함몰되고 땅바닥에 박히는 소리가 울려왔다.

"끄어……."

동료를 걱정했던 원로원 고수는 마치 단창에 꼬치처럼 꿰어진 채 그대로 서서 숨을 거두었다. 하지만 장무위의 행동은 거기에서 멈추지 않았다.

그대로 원로의 손을 향해 발길질을 했고, 그의 발은 박살이 나 반밖에 남지 않은 도신을 한쪽으로 날려 보냈다.

쾌액! 퍽!

"컥!"

반쯤 남은 도였지만 또 한 명의 목숨을 거두기에는 그것으로도 충분했다. 날아간 반도가 옆에서 달려들던 혈기의 가슴팍에 박혀 들었던 것이다.

"이, 이게 뭐야!"

원로원 고수 하나가 질린 얼굴로 뒷걸음질 쳤다.

강기를 줄기줄기 뿌리는 것도 아니었다. 십수 명을 학살할 만한 엄청난 초식도 없었다.

그저 달려들어 손에 잡히는 대로 찌르고 베고 부술 뿐이었다. 그런데 그게 더 무섭게 다가오고 있었다.

정말 단순했다.

빠르게, 그리고 강하게. 동료의 등을 뚫고 나온 검에 의해 연달아 꼬치 꿰듯 꿰이는 것은 기본이었다.

심지어 옆을 스치면서 눈을 후벼 파고 지나가기도 했다.

그 자리에 남은 것은 두 눈을 잃고 비명을 지르며 아무렇게나 무기를 휘두르고 허우적대는 꼴사나운 인간뿐이었다.

장무위가 혈기들의 한가운데로 뛰어들었다.

혈기들은 각자 검기를 끌어 올렸지만 주변이 전부 동료들이었기에 힘차게 뿌리지 못했다. 그때 장무위가 바닥으로 꺼졌다.

동시에 그의 발이 바닥을 한 바퀴 쓸었다.

우두두둑!

장무위의 발이 쓸고 지나간 자리에 무언가 부러지는 소리들이 연달아 들렸다.

"아악!"

"내 다리!"

그 자리에는 다리가 부러진 혈기들이 나뒹굴었다. 그들을 기다리는 것은 동료의 검을 집어 든 장무위였다.

"마무리는 해야지?"

"으, 으아아아!"

공포에 질린 외침이 터져 나왔지만, 장무위는 눈 하나 깜짝하지 않고 쓰러진 혈기들의 몸에 검을 박아 넣었다.

이미 대다수는 전투력을 상실했지만 장무위는 전부 확인 사살을 했다. 그에게 전투력을 상실했다는 것은 죽었을 때 뿐이라는 것을 의미하는 듯했다.

"뭐 이런 경우가……."

혈기들을 이끌던 혈기대 부대주 귀혈마도는 그 광경을 바라보며 치를 떨었다.

장무위는 동료들이 밀집한 사이로 끼어들어 그들이 검을 마음대로 휘두르지 못하는 상황을 만들어 놓고 차근차근 목숨을 거두어 가고 있었다.

강력한 내력을 앞세워 쓸어버리듯 초식을 날리는 전형적인 고수의 풍모 따위는 없었다.

상대가 약하든 강하든 그저 파고들어 난전을 펼칠 뿐이었다.

흩어져도 결과는 마찬가지였다.

사방으로 흩어져 봤자 장무위를 홀로 상대할 수 있는 이는 아무도 없었기 때문이었다.

이를 악문 귀혈마도가 무언가를 결심한 듯 외쳤다.

"추살진을 펼친다!"

순간 혈기들의 눈이 살짝 굳어졌다.

동시에 혈기들이 일제히 장무위를 중심으로 움직이기 시작했다.

그사이에 혈기들의 피해를 최소화하기 위해 끼어들었던 원로원의 고수들은 뒤로 한 걸음씩 물러섰다.

그 와중에도 장무위는 빠르게 치고 나가며 혈기들을 하나씩 죽여 없앴다. 하지만 동료의 죽음에도 혈기들은 각자의 자리를 찾아가듯이 끊임없이 움직였다.

"뭐야, 이거."

장무위가 인상을 찌푸렸다.

또 하나의 혈기를 제거한 장무위가 주변을 둘러보았다. 자신을 중심으로 혈기들이 마치 동심원을 그리듯이 떨어져 있었다.

그들과 시선이 마주친 장무위가 혀를 찼다.

"이젠 별짓을 다 하는구나."

하지만 장무위의 표정은 아까와는 달랐다.

그 이유는 바로 혈기들의 눈매 때문이었다. 혈기들은 단지 살기로만 가득 차 있는 게 아니었다.

이런 눈빛을 장무위는 기억하고 있었다.

"죽어도 좋다 이거냐?"

소위 결사대로 불리는 이들.

자신의 죽음을 담보로 승리를 얻어내는 자들의 눈빛이었다. 각자의 사정으로, 또는 충성심이라는 것을 바탕으로 목숨을 던지는 이들이었다.

물론 장무위가 봤을 때는 생에 미련이 없는 미친놈, 그 이상도 이하도 아니었다.

그렇게 보는 이유는 단순했다.

죽음을 각오하고 싸우든 말든 그것은 개인 선택이기에 별 신경을 쓰지 않는다. 하지만 이런 일에 등 떠밀려서 동원되는 병사들은 무슨 죄인가.

지휘관들이야 각자의 사명이나 소신이 있겠지만 병사들은 죽으러 나오는 게 아니다.

그에 딸려가는 병사들은 갑자기 고기반찬이 나와서 실컷 먹고 전장에 나가 싸우다가 왜 죽는지도 모르고 죽는 경우가 많았다.

장무위도 처음 몇 년간은 이런 일에 동원된 적이 있었다.

죽을 뻔한 적도 있었고, 끝까지 전투를 독려하는 지휘관의 뒤통수를 쳐서 죽여 버리고 도망을 친 적도 있었다.

결코 좋은 기억이 아닌 것이다.

문제는 눈앞의 놈들은 그 무렵의 자신처럼 아무것도 모르고 떠밀려 싸우다가 죽는 그런 종자들이 아니란 점이다. 다들 죽을 자리인 줄 알고 싸우는 제대로 미친놈들이었다.

적으로 만났을 때 가장 곤란한 유형이기도 했다.

"죽으려면 혼자 뒈질 것이지……."

장무위가 냉소를 머금었다.

정말 싫은 부류다.

장무위를 향해 진형을 짜 맞춘 혈기들이 파도처럼 밀려오기 시작했다.

동시에 장무위가 바닥을 쓸 듯이 걷어찼다.

그러자 바닥에 있던 자잘한 돌들이 마치 암기처럼 쏘아져 갔다.

그 뒤를 따라 장무위가 달렸다.

퍼퍼퍼퍽!

선두열의 혈기들이 크고 작은 돌멩이를 맞아 허물어져 내렸지만, 그 뒤를 따라 또 다른 혈기들이 나섰다.

이어 공중으로 혈기들 중 일부가 뛰어오르며 장무위를 향해 쏘아져 갔다.

"확실히 미쳤구나?"

공중으로 뛰어오른 혈기들이 일제히 검기를 쏘아 보냈다. 그런데 장무위가 미쳤다고 단언한 것은 그들이 쏘아 보내는 검기를 등지고 달려드는 혈기들 때문이었다.

조금 전처럼 동료가 다칠지도 모른다는 생각으로 움츠리는 모습이 아니었다.

동료가 죽건 말건 공격만 성공하면 된다는 모습이었다.

장무위의 신형이 고무줄처럼 늘어졌다.

일단 포위망을 벗어나야겠다는 판단 때문이었다. 하지만 그런 장무위를 막겠다는 듯 일제히 다른 이들이 뛰어올랐다.

그러자 장무위의 신형 역시 여러 개로 나누어지더니, 모두 다른 쪽 허공에 흩어져서 나타났다. 하지만 어디에서나 마찬가지로 혈기들이 일제히 뛰어오르며 길을 막았다.

단지 길을 막은 것만이 아니었다.

아래쪽에 대기하고 있던 혈기들은 일제히 위를 향해 검기를 뿌렸다.

마찬가지로 동료의 안위는 염두에 두지 않는 공격이었다.

촤촤촤악!

검기들이 하늘을 가득 메우며 사방으로 피가 비산했다. 그 피의 비를 맞으며 장무위가 다시 땅으로 내려섰다.

큰 피해는 없었지만 혈기들의 피로·온몸이 물들어 있었다.

"뭐, 서로 죽여 주니 난 고맙다만……."

동료의 죽음은 안중에도 없는 듯한 혈기들의 모습에 장무위는 착 가라앉은 눈으로 주변을 둘러보았다.

점차 혈기들의 뒤를 원로원의 고수들이 채워 넣는 모습이 눈에 들어왔다.

시시각각 조여 오는 포위망을 보며 장무위가 다시 땅을 박찼다. 달리는 그의 손에는 누군가가 들고 있었을 도가 들려 있었다.

"한번 해 보자꾸나!"

피에 물든 장무위가 다시 한 번 포위망을 향해 쏘아져 나갔다.

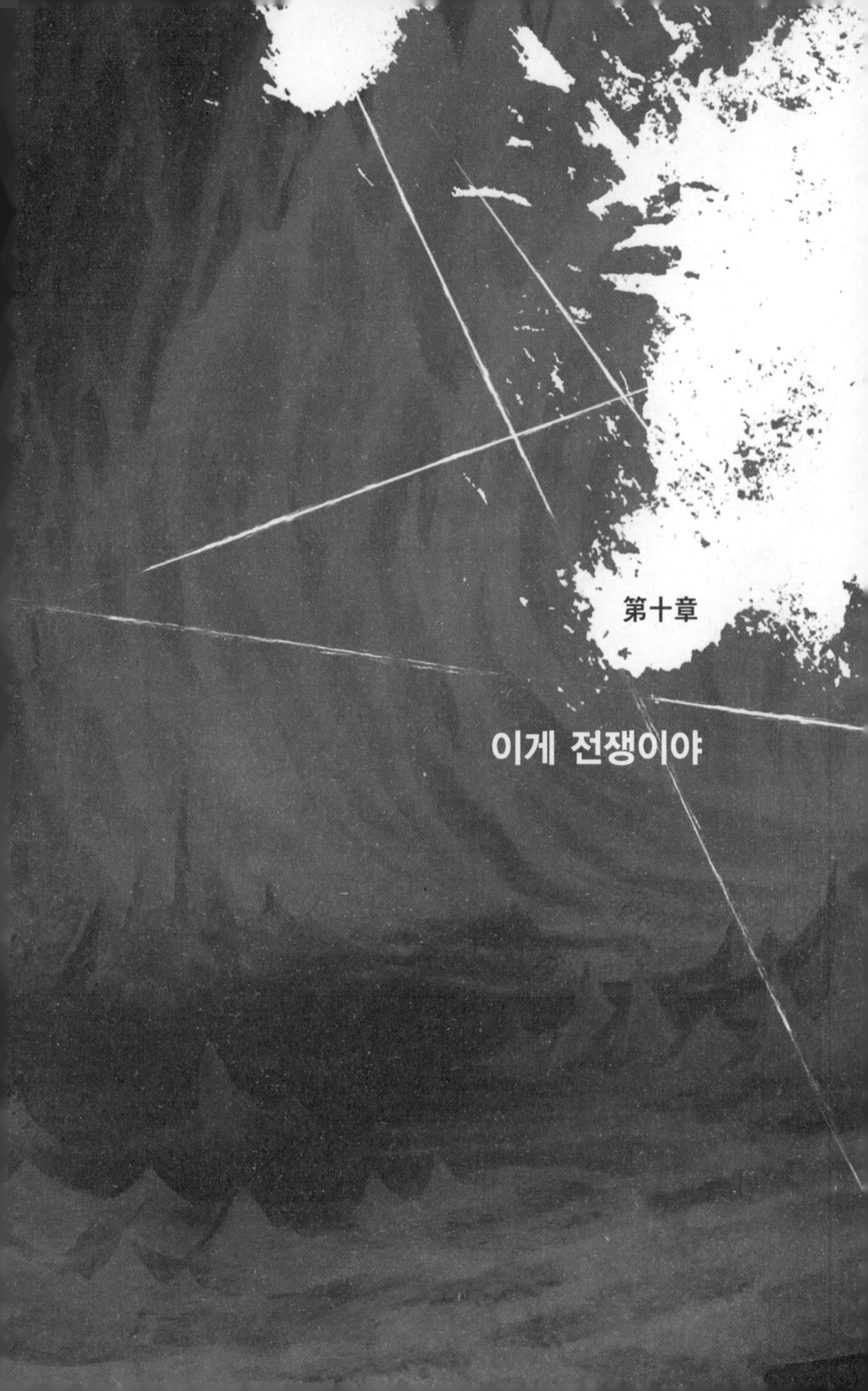

第十章

이게 전쟁이야

장무위를 향해 꾸역꾸역 밀려가는 혈기들을 바라보며 소요검선의 표정이 어두워졌다.

전마성 혈기조의 추살진은 정파인들 사이에서 악명이 높았다. 절정이나 초절정 고수도 걸리면 예외 없이 죽어 나갔기 때문이었다.

추살진은 현묘함이나 사이함과 거리가 멀었다. 그야말로 동귀어진의 연속이었다. 목숨을 담보로 차근차근 말려 죽이는 비상식적인 진법이었다.

당연히 대응하기도 곤란했다.

이쪽은 살고자 싸우는데 저쪽은 죽어도 좋으니 상처 하나라도 낸다는 식이었으니 말이다.

게다가 지금 저 추살진은 일개 스무 명의 혈기조가 펼치는 추살진과도 달랐다. 혈기대 전부는 아니지만 상당수의 인원들이 모여 만들어 낸 추살진이었다.

장무위가 처한 상황을 보며 얼굴이 심각해진 소요검선에게 인마가 비릿한 미소를 머금고 말했다.

"원래 화경의 고수를 감당하기 위해 만들었는데 이렇게 써 보게 되는구려."

"……."

소요검선은 말없이 인마를 바라보았다. 그들이 많은 준비를 해 왔다고 생각했지만, 이렇게까지 철저하게 준비를 했으리라고는 상상도 하지 못했다.

만약 장무위가 그들의 의도대로 이 싸움에 끼어들지 않았다면 지금 저 추살진의 가운데에는 자신이나 걸왕이 있었을 터였다.

저 추살진에 원로원 고수들이 뒤섞여 있는 것처럼, 비록 초입이지만 극마의 경지에 올라 있는 인마와 지마 등이 섞여서 틈을 노린다면 싸움이 끝나는 것은 순식간일 것이다.

"저 천둥벌거숭이가 말라 죽는 꼴이나 구경하시오. 다음은 그대 차례이니 말이오."

"……."

인마의 이죽거림에도 소요검선은 말이 없었다.

그저 입을 꾹 다물고 장무위가 있는 쪽을 바라보고 있을 뿐이었다. 그러자 기세가 등등해진 지마가 끼어들었다.

"천하의 소요검선이 저런 망종을 친구 삼았다는 것도 우습지만, 이 상황에서 그를 무슨 구원의 동아줄처럼 바라보는 꼴이 더 우습구려."

그때까지도 입을 다물고 있던 소요검선이 천천히 입을 열었다.

"추살진이 확실히 위력적으로 보이네. 정파는 물론이고 무를 익혀 온 이들에게는 생소하면서도 버거운 진형이기는 하지."

"칭찬 고맙구려."

소요검선의 말에 인마가 슬쩍 미소를 그리며 대답했다. 하지만 이어진 소요검선의 말에 그의 표정이 미묘해졌다.

"과연 저게 그에게도 통할지는 모르겠지만 말일세."

"그게 무슨 소린지 모르겠소."

"그리고 화경의 고수를 상대하기 위한 진이라 했지만 그게 오히려 실책일지도……."

계속해서 이어지는 소요검선의 말에 인마와 지마의 표정 위로 불쾌함과 약간의 혼란이 동시에 자리 잡았다.

"그게 무슨 말이오."

"자네들과 내가 화경이나 극마라고 불리는 경지에 오른 것임에는 틀림이 없지만, 같은 경지라고 실력마저 같은 건 아니지 않은가? 그래서 이렇게 둘이 붙어서 용을 쓰는 것이고 말일세."

소요검선이 너털웃음을 터트렸다.

하지만 반대로 인마와 지마의 표정에서는 미소가 사라졌다.

소요검선의 말이 틀린 것이 아니기 때문이었다.

극마에 올랐다 해도 그들 중 누구도 소요검선을 홀로 상대할 수 없음을 잘 알고 있었다.

그렇기 때문에 이렇게까지 인원을 끌어모아 일을 벌인 게 아니던가.

하지만 그보다 중요한 것이 따로 있었다.

인마가 신중해진 표정으로 입술을 열었다.

"저자가…… 그대보다도 강하다는 말이오?"

인마는 불현듯 아까의 말이 떠올랐다.

친구냐고 물었을 때 돌아왔던 소요검선의 대답.

'내게는 과분한 친구라네.'

천하의 소요검선이 그런 말을 할 상대가 몇이나 있을까.

장무위가 존경받을 만한 인격자라서 과분하다는 것이 아님은 잠시라도 그와 마주쳤던 사람이라면 다 알 수 있는 사실이었다.

그럼 무엇이 소요검선에게 과분하다는 의미일까.

그것이 지금 인마의 머릿속을 어지럽혔다.

그런 인마의 복잡한 심사를 아는지 소요검선은 빙그레 웃음을 지을 뿐이었다.

"그게 말이 되는가!"

지마가 인마에게 소리를 버럭 질렀다.

물론 화를 내는 것은 아니었다. 말 그대로 말이 되지 않는다는 외침이었다.

지마의 외침에도 인마는 소요검선을 뚫어져라 쳐다볼 뿐이었다.

대답을 요구하는 시선이었다.

그런 인마의 집요한 눈길 때문이었는지 소요검선의 입이 천천히 열렸다.

"잘은 모르지. 허나 이길 수 있을까 하고 고민해 봤을 때……."

소요검선이 말을 흐렸다.

짧은 시간이지만 인마와 지마에게는 그 어느 때보다도 오랜 시간이 흐르는 느낌이었다.

잠시 흐려졌던 말이 이어졌다.

또렷하게.

"……이길 수 있다는 판단이 제대로 서질 않더구먼."

"……으음."

인마의 입에서 신음성이 흘러나왔고, 지마에게서는 다시 고함이 터져 나왔다.

"그걸 믿으란 말인가!"

소요검선이 빙긋 웃으며 말했다.

"믿으라 하지는 않았네. 그저 그렇다는 이야기지. 마찬가지로 추살진이 대단하다지만."

소요검선이 말을 끊고 시선을 장무위에게 돌렸다. 그러고는 다시 말했다.

"저 친구를 어찌할 수 있을까 하는 부분에서는 의문이 든다네. 저 친구는 무림의 고수라고 하기에는 애매한 구석이 많은 친구라서 말일세."

"그런 말도 안 되는 대답이 어디 있는가! 인마, 시간을 끌려는 술책일 뿐이네. 뭣 하는가!"

지마의 말에 인마가 정신을 다잡으며 말했다.

"그건 그렇군. 쓸데없는 시간 낭비를 할 필요는 없지."

인마가 다시 소요검선을 향해 다가갔다.

그때였다.

"저 미친!"

뒤쪽에서 원로원 고수의 단말마가 들려왔다.

그 외침에 인마와 지마가 고개를 돌리자 추살진을 향해 돌진하는 장무위가 눈에 들어왔다.

그리고 동시에 폭음이 울려나왔다.

퍼어엉!

폭음이 울려 퍼지면서 혈기들이 사방으로 튕겨 나갔다.

"저런 무식한!"

뒤쪽에서 바라보고 있던 원로원의 고수들이 어이없다는 표정을 지었다.

포탄이라도 맞은 듯 한쪽 대열이 반원을 그리며 날아가 있었다.

어쩌면 포탄이라고 할 수 있었다.

화경급으로 추정되는 고수의 밑도 끝도 없는 육탄 돌격이 만들어 낸 참상이었으니 말이다.

말 그대로 장무위는 포위를 향해 온몸으로 부딪쳐 갔다.

눈으로 보이지 않을 정도의 속도와 그 빠르기에 뒤따르는 파괴력을 온몸으로 구현해 낸 것이었다.

그쯤 되는 고수가 그렇게 잔뜩 힘을 모아 막무가내로 달려들었으니, 그 여파가 적지 않은 게 당연했다.

하지만 놀람은 잠시였다.

"놈이 스스로 뛰어든 것이나 마찬가지다! 쳐라!"

장무위의 돌진으로 벌어졌던 구멍은 이내 또 다른 이들로 채워지기 시작했다. 오히려 스스로 포위망을 향해 달려든 것이나 마찬가지였기 때문이었다.

장무위를 향해 온갖 검기와 장력이 날아들기 시작했다.

그때 이쪽으로 시선을 던진 가불의 미간이 잔뜩 찌푸려졌다.

"뭐하는 거지. 저긴 아까 기습했던 곳인데……."

장무위가 멈춘 곳은 아까 흑살마를 기습하기 위해 숨어 있던 구덩이 근처였다.

그곳에 선 장무위는 사방에서 날아드는 공격에는 신경도 쓰지 않고 히죽 웃으며 땅을 바라보고 있었던 것이다.

"여기다!"

장무위의 양손이 땅거죽으로 쑥 들어갔다. 그런 장무위의 온몸으로 혈기들의 공격이 쏟아지기 시작했다.

하지만, 장무위는 아랑곳하지 않고 땅속으로 넣은 두 손에 힘을 줬다.

"우라차차!"

퍼어억!

장무위가 기합을 넣으며 몸을 일으키자 땅거죽이 마치 장무위의 손에 들리듯 일어났다.

동시에 장무위는 몸을 돌리며 집어 올린 땅거죽을 휘둘렀다.

파아악!

사방으로 흙과 돌들이 튕겨 나갔다.

"흥! 얕은 수작!"

원로원 고수 하나가 코웃음을 쳤다.

바위도 아니고 땅을 파서 주변으로 뿌려봐야 쏟아지는 검기를 막기에는 역부족이라 판단했기 때문이었다.

그가 생각하기에 장무위는 스스로 무덤을 판 것에 불과했다.

하지만, 그 위력이 작지는 않았다.

흙과 함께 뿌려진 돌멩이에 얻어맞은 일부 혈기들이 고꾸라졌다.

하지만 지금까지 장무위가 해 왔던 공격에 비한다면 미미한 피해였다.

흙먼지에 둘러싸인 장무위에게 검과 도 그리고 검기와 도기들이 파고들었다.

카캉! 카라라랑!

"응?"

연신 터져 나오는 쇳소리.

그 소리는 고수의 호신강기를 두들기는 소리와는 뭔가 달랐다. 흙먼지가 가라앉고 장무위의 신형이 눈에 들어왔다.

그의 모습을 확인한 원로원 고수들이 얼떨떨한 표정으로 그를 바라보았다. 그중 하나가 허탈하다는 듯한 음성을 내뱉었다.

"……방패?"

장무위가 땅거죽을 뒤져 찾아낸 것은 방패였다.

통짜 쇠로 만들어진 듯한 둥근 방패였다. 정확히는 방패와 한 자루의 철검이었다.

그뿐이었다.

검기와 도기들을 튕겨냈던 모습에 뭔가 대단한 것이 나오지 않을까 긴장했던 그들이었다.

하지만 정작 나타난 것은 몸통을 가릴 만한 방패 하나와 그저 튼튼해 보이기만 할 뿐 아무런 특색이 없는 철검 한 자루였다.

"나도 남의 것만 쓰기는 뭣해서 말이지."

그렇게 말하며 장무위가 허리춤에 단검과 손도끼 등을 착용했다. 그러고 나선 주변을 둘러보며 입을 열었다.

"내가 말했잖아."

그의 미소는 그 어느 때보다도 차가웠다.

장무위가 쏘아져 나가며 다시 말했다.

"니들이 원하는 전쟁, 해 주겠다고 말이지."

방패 뒤에 몸을 웅크린 장무위가 혈기들을 향해 몸을 부딪쳤다.

콰아앙!

"크어억! 커억!"

방패에도 내력을 담았는지 아까보다는 덜했지만 벽을 형성하고 있던 혈기들이 피를 토하며 튕겨져 나갔다.

"공격해라!"

하지만 뒷줄에 있던 혈기들은 지금까지 해 왔듯이 동료가 튕겨 나가든 말든 검을 뿌리며 달려들려고 했다. 그러나 장무위가 그들보다 먼저 다가와 있었다.

"그래, 공격해라, 자식들아!"

장무위가 휘두른 검에 뛰어들려고 자세를 잡았던 혈기들이 온몸에 피를 뿌리며 우수수 쏟아져 나갔다.

장무위의 뒤를 노리던 혈기 하나는 장무위가 휘두른 방패에 상체가 곤죽이 되어 튕겨져 나갔다. 그리고 그는 동료 두엇을 온몸으로 뭉개더니 나자빠졌다.

"제길, 어떻게 되어가는 거야?"

뒤쪽에서 틈을 노리던 원로원 고수 중 하나는 인상을 찌푸리며 장무위가 싸우는 곳을 바라보았다.

그의 시야에 보이는 것은 이리저리 휘둘러지는 방패와 혈기들뿐이었다.

그 외에는 도무지 상황이 보이지 않았던 것이다.

"엇!"

순간 뭔가가 번쩍였다.

동시에 그는 머리가 뒤로 젖혀지는 것을 느꼈다.

"아……."

미간을 타고 피가 주르륵 흘러내렸다. 그는 그제야 알아볼 수 있었다. 자신의 미간에 박혀 든 단검 한 자루를 말이다.

그는 허물어져 내리며 어이없다는 음성을 흘렸다.

"뭐 이딴 개싸움이……."

그는 허무하다는 표정으로 엎어지며 내뱉던 말을 채 끝내지도 못했다.

혈기들은 당황하기 시작했다.

그저 철로 된 방패일 뿐인데 내리치면 흠집만 조금 날 뿐 멀쩡했다. 물론 상대방의 무기를 막으라고 만든 게 방패다.

하지만 무림에서는 방패를 쓰지 않는다.

검에 기를 실을 수 있는 고수들에게는 방패가 무소용이었기 때문이다. 아무리 단단한 철로 만든 방패라도 쩍쩍 갈라지는데 누가 쓰겠는가.

그런데 지금 장무위가 쓰고 있었다.

그것도 능숙하게.

혈기들은 평소 신경도 쓰지 않던 방패라도 진정한 고수의 손에 들리면 이렇게 무서울 수 있구나, 라는 생각을 하게 되었다.

분명 장무위는 자신들이 쳐 놓은 덫 안에 있었다.

수많은 칼날들이 그를 향해 쏟아지고 있었고, 또 목숨을 도외시한 공격이 집중되었다.

그런데도 장무위는 당황하지 않았다.

이런 상황이 익숙한 모습이었다.

어쩌면 지금의 상황이 익숙하지 않은 것은 오히려 혈기들일지 몰랐다. 추살진에 화경의 고수를 몰아넣은 것이 처음이기도 했지만, 그 이전의 어떠한 고수들도 이렇게 싸우지는 않았다.

일반적인 고수들은 포위에서 벗어나려 했고, 강력한 내공을 바탕으로 대응해 왔다.

그런데 장무위는 마치…….

거북이 같았다.

거북이는 거북이되 온몸이 강철로 이루어진 거북이. 그 등껍질은 단단하기 그지없어 누구도 흠을 내지 못하고 있었다.

하지만 단지 단단하기만 한 거북이는 아니었다.

그 무엇보다도 날카로운 이빨을 가진 거북이었다.

"온다!"

서걱!

그 단단한 등껍질 사이로 날카로운 이빨이 잠시 번뜩였다가 사라졌다. 날카로운 이빨이 오간 자리에는 피를 뿌리며 쓰러지는 동료의 모습이 있었다.

그리고 또다시 번쩍.

"비, 빌어먹……."

더 이상 생각나지 않는다.

또 한 명의 혈기가 차디찬 바닥에 몸을 뉘었다.

인마와 지마는 소요검선을 공격할 생각도 못 하고 장무위가 싸우는 모습을 바라보았다.

지마가 멍한 표정으로 중얼거렸다.

"대체 뭐지……."

처음 육탄 돌격을 통해 포위망을 강타했을 때는 황당하기는 했지만 단지 그뿐이었다.

이어서 방패와 검을 집어 들었을 때에는 실소까지 흘렸다.

방패라니…….

그런데 그런 실소가 사라지는 것은 정말 순간이었다. 수없이 검기가 쏟아졌지만 방패를 쪼개지 못했다. 심지어 강기

마저 퉁겨 내었다.

공격이 이어질 때마다 방패의 각도가 조금씩 변했다. 그 미세한 움직임으로 장무위는 자신에게 쏟아지는 많은 공격들을 모두 튕겨내고 있었다.

그것만으로도 그가 방패를 운용하는 것이 절대 처음이 아님을 알 수 있었다.

마치 한 몸과 같았다.

방패를 제대로 다룰 줄 아는 모습이었다.

게다가 정말 차근차근 꾸준히 혈기들을 죽여 나가고 있었다.

그다지 초식이랄 것도 없었다.

막고 찌르고 벤다.

이 단순한 동작들이 계속 이어지는데 혈기들은 속수무책으로 당하고 있었다.

그뿐이 아니었다.

그 와중에 던져 대는 단검이 틈을 노리던 원로원 고수들에게 날아가 박혔다.

소위 고수라 불리는 이들이 날아온 단검을 피하지도 못하고 죽어 나갔다.

이쯤 되자 틈을 노리는 것은 그들이 아니라 바로 장무위인 것처럼 느껴졌다.

그때 소요검선의 음성이 들려왔다.

"전쟁이군."

"전쟁?"

"그러네. 전쟁."

소요검선의 말에 다시 장무위가 싸우는 모습을 바라본 인마는 아까부터 느껴졌던 위화감의 정체를 알 것 같았다.

장무위의 모습은 마치 전장에 나선 병졸처럼 느껴졌다.

수많은 적병들 사이에서 고고한 모습으로 무위를 뽐내는 장수가 아니라 홀로 살아남기 위해 고군분투하는 병사.

그런 병사의 모습이 보였다.

하지만 조금 달랐다.

이 병사는 무적의 병사였다.

방패로 혈기를 후려치면서 반대쪽 손에 쥔 검을 뒤쪽에서 다가오는 혈기의 몸통에 박아 넣었다. 그게 틈으로 보였을까.

원로원의 고수 하나가 달려들며 활짝 열린 장무위의 몸을 향해 검을 뻗었다.

그와 동시에 약속이라도 한 듯 혈기들이 일제히 장무위의 방패와 동료의 몸속에 틀어박힌 검을 붙잡고 늘어졌다.

검이 장무위의 목을 노리고 뻗어 갔다.

그때 장무위가 고개를 틀자 검이 그의 목을 비껴갔다.

"흥, 소용없……."

원로원 고수는 빗나간 검을 회수하며 장무위의 목을 그으려 했다.

하지만 그의 의도는 이루어질 수 없었다.

으적! 우두둑!

"크아아악!"

장무위가 검을 잡은 손목을 물었다.

단순히 문 것이 아니었다. 살이 찢어지고 그 안의 뼈가 바스러지는 소리가 선명하게 울려 퍼졌다. 그와 동시에 장무위가 고개를 옆으로 빼내듯 젖혔다.

"크윽!"

순식간에 딸려간 원로원 고수의 시야로 장무위가 자신의 손을 뻗어 내는 모습이 들어왔다. 그리고 점점 커져 오는 그의 이마.

빼억!

장무위의 이마가 딸려온 원로원 고수의 안면을 강타했다. 두개골이 깨지는 소리와 함께 원로원 고수는 그대로 뒤로 튕겨 나갔다.

비명은 없었다.

안면이 함몰되면서 그대로 절명한 것이다.

그 모습을 질린 얼굴로 바라보는 혈기들도 무사하지 못했다.

쯔카칵!

혈기들에게 붙들려 있던 검이 뽑히며 혈기 서넛을 베었다. 이어서 장무위가 방패를 당기고 있던 혈기들 쪽으로 오히려 몸을 실었다.

그리고 힘으로 밀어붙였다.

두두두두!

도무지 한 명에게 밀린 것이라고는 상상도 하지 못할 정도로 혈기들이 뭉텅이로 밀려 나자빠졌다. 그리고 이어진 것은 확인 사살.

으적! 푸우욱!

방패로 들어 찍고 검을 꽂았으며 발로 강하게 밟고 지나갔다. 짧은 시간이었지만 장무위는 시체로 길을 만들어 내고 그 위에 보란 듯 서 있었다.

냉소가 섞인 시선으로 주변을 돌아본 그가 입을 열었다.

"뭐 해, 와야지. 이거 니들이 원한 거잖아."

지독하기로 소문난 혈기들이 장무위의 싸늘한 음성에 저도 모르게 한걸음 뒤로 물러섰다.

"뭐야, 재미없게."

그들의 행동에 장무위가 미간을 찌푸렸다.

"왜 그래? 이게 전쟁이잖아."

장무위의 질문에 아무도 대답이 없었다.

장무위는 전쟁이라 표현하지만 무인 간의 쟁투는 이와 달랐다. 그것 역시 피가 튀고 잔인하지만, 이렇게 단순하게 죽고 죽이는 행동만 반복하는 것이 아니다.

그런데 장무위는 마치 감정 없는 인간처럼 반복된 동작으로 동료들을 죽여 나가는 모습만을 보일 뿐이었다.

아주 당연하다는 듯이.

"그럼 내가 간다."

퍼퍽!

장무위가 힘차게 내딛는 발아래, 동료들의 시체에서 뼈가 부러지고 피가 튀었다.

장무위가 방패를 뒤로 젖혔다가 강하게 앞으로 뿌렸다.

"피, 피해!"

콰콰콰콰!

지금껏 놓지 않았던 방패가 공기를 찢어발기며 날아갔다. 그 기세가 얼마나 강한지 도무지 막을 생각이 들지 않았다.

하지만, 피할 수도 없었다.

촘촘하게 포위망을 구축한 탓에 물러날 길이 없는 것이다.

죽음을 각오한 혈기들이었고, 지금까지도 죽음을 담보로

덤벼들었던 혈기들이다.

그들은 지금.

죽음보다 더한 공포를 느끼기 시작했다.

콰드득!

방패가 인의 장벽을 찢어발겼다.

피가 튀고 뼈가 으스러졌다. 검과 도는 방패의 진격을 막지 못했다. 그 뒤를 따라 들어온 장무위가 사방으로 검을 휘둘렀다.

연신 무언가 잘리는 소리가 이어졌다.

방패를 날려 보낸 손으로 목울대를 잡아 뜯고 머리끄덩이를 잡아당겼다.

머리 가죽이 벗겨지는 아픔을 느낄 새도 없었다.

몸이 붕 떠서 동료들에게로 날아갔다.

그리고 또다시 와장창, 하고 엉켜 쓰러졌다.

"이것도 받아라!"

장무위가 발을 바쁘게 놀렸다.

그의 발이 놀려질 때마다 바닥에 떨어진 병장기가 사방으로 날아갔다.

일부는 막았지만 일부는 날아든 무기들에 의해 두셋씩 꼬치가 되어 자빠졌다.

대열이 무너졌다.

그 무너진 대열 위로 장무위가 뛰어올랐다.

"우아아아아!"

원초적인 외침이 장무위의 입을 타고 흘러나왔다. 전쟁에서 기세를 탄 병사들이 뿜어내는 외침이었다.

하지만 이 단순한 외침이 혈기들에게는 사자후처럼 들려왔다.

추살진을 구축한 혈기들이 장무위 한 명에게 모두 제압당한 것이다.

한번 무너지기 시작하자 그다음은 더 거침이 없었다. 여태까지는 웅크리고 하나하나 죽이는 데에 힘을 썼다면 지금부터는 달랐다.

공포를 심어줄 시간인 것이다.

"살아도 산 것이 아닌 게 어떤 건지 두고 봐!"

눈을 희번덕인 장무위가 검을 크게 휘둘렀다. 혈기 하나의 몸이 양단되었다.

세로로 두 쪽이 난 시체를 뚫고 달려든 장무위의 주먹이 뒤쪽에 있던 혈기의 몸통에 틀어박혔다.

아니, 뚫었다.

퍼어억!

"허억!"

말아 쥔 주먹이 동료의 등을 뚫고 튀어나오자 그 피를 정통으로 뒤집어쓴 혈기의 얼굴에서 핏기가 사라졌다.

"쯧, 뭐 이리 몸통이 약한 거야?"

몸이 뚫려 버린 혈기의 몸을 내팽개친 장무위가 다음 먹잇감을 찾아 발을 날렸다.

콰득!

몸이 옆으로 꺾여 날아갔다. 그러더니 장무위가 화살처럼 튀어 올랐다.

으적!

도망치지 못하게 상대의 뒤통수를 잡은 채 뛰어올라 무릎으로 안면을, 아니 머리를 박살 냈다.

손에 남은 머리 가죽을 아무렇게나 집어던진 장무위는 마치 초원의 양 떼 사이에서 날뛰는 늑대처럼 보였다. 더 이상 죽음을 각오한 무인들은 없었다.

살기 위해 무작위로 검을 휘두르는 나약한 인간들만이 남았다.

장무위가 벌인 전쟁에 물들어 버린 것이다.

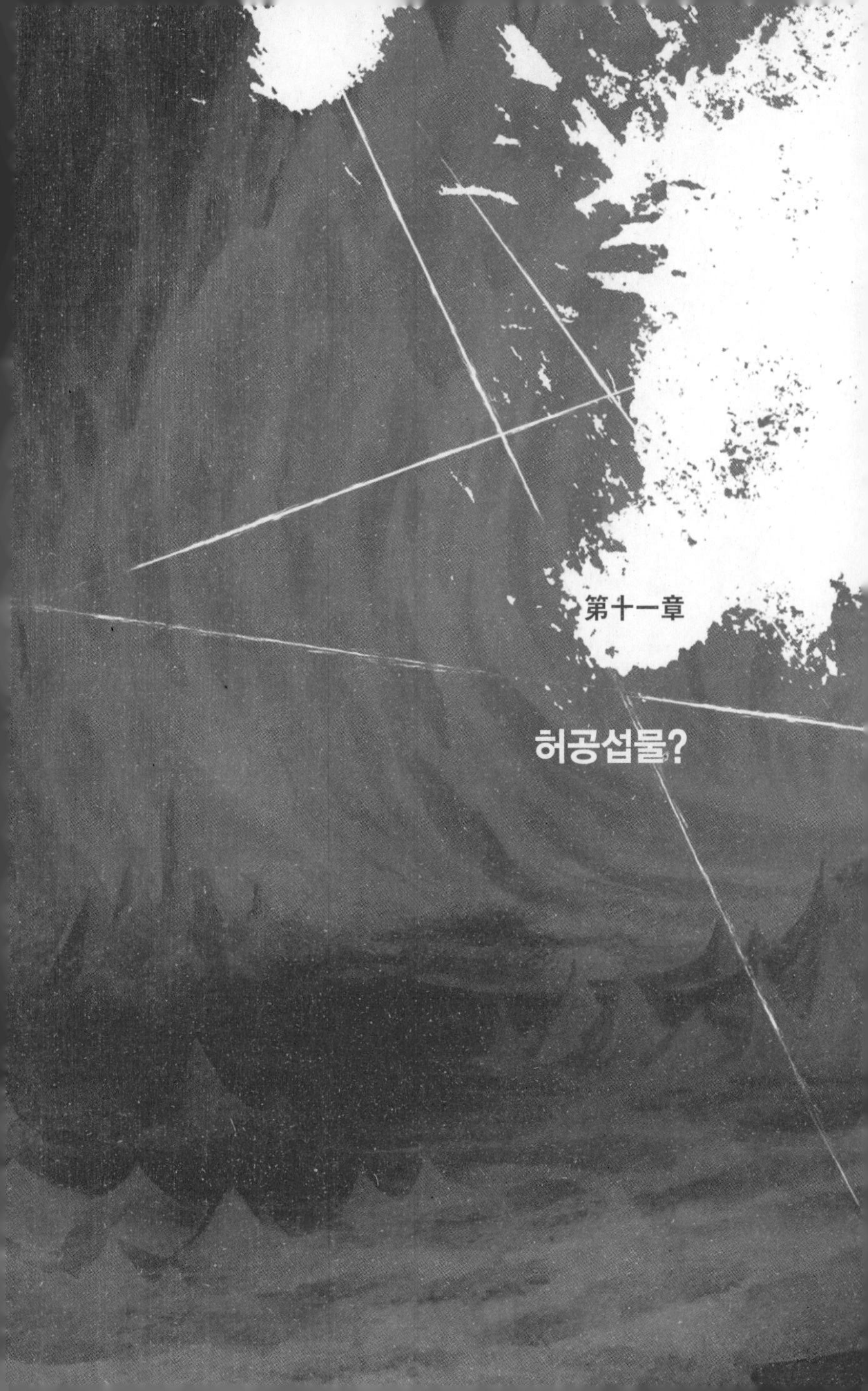

第十一章

허공섭물?

"이게 무슨 상황이야……."

가불은 추살진이 점차 그 형태를 잃어 가는 모습을 보며 할 말을 잃었다.

얼핏 보기에는 분명 아까와 마찬가지로 죽음을 담보로 삼아 공격해 가는 것 같았지만 실상은 달랐다.

지금의 혈기대원들은 마치 두려움에 사로잡힌 이들이 앞뒤 가리지 않고 달려드는 듯 절박한 모습이었다. 전마성에서도 정예인 혈기대원들이 저런 모습을 보이는 것은 처음이었다.

전멸을 당하는 한이 있더라도 자신의 자리를 지키다가

죽어 가는 게 혈기다.

그런데 지금 저들의 행동은 평소의 그것과는 달랐다.

푸아악!

머리 하나가 붕 떠올라 날아 왔다.

그러고는 바닥에 툭 떨어지더니 데구르르 가불의 발치까지 굴러 왔다. 그도 알고 있는 이의 머리였다.

"괴마……."

원로원 고수 중 하나였다.

그의 얼굴은 잔뜩 일그러져 있었다.

죽음이 원통하다는 표정은 아니었다. 공포에 질린 얼굴이었다.

"이게 말이 되는가?"

가불은 얼떨떨한 표정으로 다시 장무위가 난전을 벌이고 있는 곳으로 고개를 돌렸다. 그리고 안력을 높였다.

문득문득 나타나는 장무위의 얼굴은 그야말로 야차와 같았다. 잔뜩 상기된 얼굴에 역팔자로 휘어진 눈썹은 그가 이전에 보았던 그의 모습과 전혀 일치하지 않았다.

하지만 그 모습만으로 공포를 느끼기에는 무리가 있었다.

시선을 돌렸다. 그러자 그를 상대하기 위해 벌 떼처럼 달려드는 혈기들의 얼굴이 눈에 선명하게 들어왔다.

"왜?"

가불은 그 누구에게도 전달되지 않을 의문을 던졌다.

혈기들의 얼굴과 조금 전 장무위의 얼굴이 똑같게 느껴졌다.

냉정함은 어디론가 사라지고 장무위처럼 악귀같이 날뛰었다. 하지만 다른 점은 그 안에 공포가 서려 있다는 점이었다.

"무엇 때문이지?"

혼란스러웠다.

무엇이 그들을 공포에 절어 버린 악귀로 만들었는지 도무지 알 수가 없었던 것이다. 하지만 가불은 더 이상 그쪽으로 신경을 쓸 수 없었다.

퍼어엉!

그의 뒤쪽에서 굉음이 울려 퍼졌다.

반사적으로 고개를 돌린 가불의 시선에 가슴팍이 걸레가 되어 날아가는 광혈마의 모습이 들어왔다.

"걸왕!"

마치 용의 이빨처럼 만들어 낸 걸왕의 두 손에 광혈마의 옷과 살점이 물려 있었다.

피투성이의 걸왕이 형형한 눈빛으로 가불을 노려보며 입을 열었다.

"어디 한눈을 파는 게냐?"

히죽 웃으며 말을 하는 걸왕의 이빨 사이로 핏물이 짙게 배어 있었다.

콰콰쾅!

멀리 날아가 버린 광혈마가 폭음과 함께 집채만 한 바위와 나무를 몸으로 뭉개며 나자빠졌다.

"이, 이런!"

잠시 눈을 돌린 사이에 광혈마가 걸왕에게 한 방 먹은 것이었다.

놀란 가불에게 걸왕이 한 걸음씩 다가오며 입을 열었다.

"피에 미친 혈귀 하나가 경지에 올랐다고 해서 나를 상대할 수 있다고 생각한 게냐? 앙! 그런 게야?"

"이, 이익!"

가불이 무기를 고쳐 쥐었다.

그런 가불 앞으로 주변에서 대기하고 있던 혈기들이 뛰어들어 걸왕의 앞을 가로막았다.

"부나방 같은 놈들!"

부와아악!

걸왕의 양손에 모인 내력이 다 찢어져 나간 그의 소맷자락에 물들어 있던 피를 뿌려내며 부풀어 올랐다.

"혈룡천하!"

그의 양손이 앞으로 뻗어 나가며 수십 마리의 크고 작은 혈룡들이 세상을 가득 메우며 쏘아져 나갔다.

콰드득! 콰득!

마치 맹수에게 온몸을 씹히는 듯한 파육음과 함께 수많은 혈룡들이 그 앞을 막아선 혈기들의 온몸을 찢어발기며 가불을 향해 날아들었다.

"이, 이럴 수가!"

가불이 놀라 한 걸음 물러서며 쥐고 있던 도로 강기막을 펼쳤다.

혈기들을 먹이 삼아 배를 부풀린 혈룡들이 그 강기막을 두들겨 왔다.

쾅! 콰콰쾅! 콰쾅!

"크륵!"

우웃빛 강기막이 뒤흔들리며 그 위로 혈룡들이 물고 온 핏물이 붉게 번져 나갔다. 안에서 강기막을 짜내고 있는 가불의 입에서는 역류하는 피가 비어져 나오고 있었다.

쩌엉!

강기막이 깨어지면서 마치 바위가 두 쪽이 났을 때 나는 소리 같은 것이 울려 나왔다.

가불이 시커먼 핏덩이를 울컥하고 내뱉었다.

그런 가불의 몸통을 향해 혈룡들이 일제히 달려들었다.

"크아아악!"

가불이 내력을 끌어 올리며 혈룡의 모습을 한 강기들을 연달아 쳐 냈다.

쩌정! 쩡!

거대한 폭음과 동시에 가불을 향해 날아들던 혈룡들이 비산했다. 하지만 그 여파 때문인지 가불 역시 얼굴이 점점 창백해졌고 온몸에 크고 작은 상처들이 움푹움푹 파여 갔다.

"어디서 시답잖은 놈이!"

"허억!"

힘겹게 혈룡들을 막아 가던 가불의 눈이 크게 떠졌다. 언제 다가왔는지 걸왕이 그의 바로 옆에 나타나 있었기 때문이었다.

"알짱거리는 네놈 때문에 이 몸이 많이 상했다. 그 대가를 치러야지."

걸왕의 손에 또 하나의 혈룡이 맺혔다.

지금까지 걷어 내던 것과는 달리 더 붉고 선명했다. 마치 피처럼 시뻘겠다.

"걸와아아앙!"

가불이 비명인지 고함인지 분간이 가지 않는 소리를 터트리며 그에게 도를 휘둘러 갔다.

가불의 도가 걸왕의 팔을 잘라 버리겠다는 듯 내리쳐졌다. 하지만 그의 도는 걸왕의 팔에 서린 혈룡에 닿는 순간 마치 유리처럼 깨어져 나갔다.

쩌엉!

가불의 도신이 깨어져 나가고 손잡이만 남은 도를 쥔 그의 팔이 아래로 휘둘러질 때, 걸왕의 혈룡이 그의 옆구리로 파고들었다.

꽈드득!

걸왕의 주먹이 옆구리를 뚫고 들어갔다.

그리고…….

푸화학!

반대쪽 옆구리가 뻥 뚫리며 피 분수가 쏟아져 나왔다.

그 피 분수 속을 혈룡 한 마리가 유영하듯이 뚫고 나와 유유히 사라졌다.

"그르륵!"

가불의 입에서 피 끓는 소리가 울려 왔다. 이내 선홍빛 피가 꾸역꾸역 그의 입과 코를 통해 쏟아져 내렸다.

걸왕이 팔을 뽑아내자 가불이 반쯤 남은 도를 허공에 휘적거리며 젓다가 무릎을 꿇었다.

"거, 거랑. 크릅!"

핏물이 입가에 가득 배어 무어라 하는지 제대로 들리지

는 않았지만, 원통해 보이는 시선이 걸왕에게 향한 것으로 보아 그를 불렀던 것 같았다.

"웃기는구나. 그 알량한 실력으로 원통해할 이유가 있더냐?"

걸왕이 냉소를 날리며 팔에 묻은 피를 뿌려 냈다. 촤악, 하고 가불의 몸에서 묻어나온 피가 바닥에 길게 뿌려졌다.

"크륵. 비, 빌어먹……."

가불은 그대로 무릎을 꿇은 채 축 늘어졌다.

"어디 그럼…… 이런, 젠장!"

가불을 처리한 걸왕이 소요검선에게 걸음을 옮기다가 화들짝 놀라며 양손을 교차했다. 그 위로 시커먼 강기가 날아와 그를 두들겼다.

콰앙!

폭음과 동시에 걸왕의 몸이 한쪽으로 날아갔다.

"크으으!"

걸왕을 날려 보낸 이는 아까 그의 일격에 날아갔던 광혈마였다.

얼굴 한쪽이 뭉개지고 혈인이라 불러야 할 정도로 온몸이 피투성이었지만, 그의 두 눈은 더욱 핏빛으로 물들어 있었다.

광혈마가 날아가는 걸왕을 쫓아 다시 몸을 날렸다.

“바, 방패를 없애!”

원로원 고수 하나가 장무위가 쏘아 보낸 방패를 향해 달려갔다.

그는 이 모든 상황이 그에게 방패가 쥐어지면서 시작되었다고 판단했다.

즉, 방패가 장무위란 이의 성명병기라고 결론을 내린 것이다.

“그게 얼마짜린데!”

원로원 고수의 행동을 본 장무위가 화를 버럭 내면서 손을 뻗었다.

마치 무언가를 부르는 듯한 손짓이었다.

“허, 허공섭물이다!”

“막아!”

경지에 오른 이들이라면 누구나 할 수 있는 허공섭물을 막기 위해 그가 손을 뻗은 사이로 혈기들이 끼어들며 기의 운행을 가로막았다.

그런 그들을 보며 장무위가 웃었다.

“막아 봐라.”

부왁!

방패가 장무위의 손길을 따라 빠르게 움직였다.

단지 움직인 것이 아니었다.

퍼퍼퍼퍽!

방패와 장무위의 손길 사이로 진로를 막아섰던 혈기들의 몸이 두 쪽이 났다.

장무위의 손에 이끌린 방패가 그들의 몸을 찢어발기며 되돌아오고 있었던 것이다.

그것을 본 원로원 고수가 멍한 표정으로 중얼거렸다.

"이, 이기어검…… 아니, 이기어방?"

일반적인 허공섭물이 보일 수 있는 위력이 아니었다. 허공섭물은 단지 허공을 격해 물건을 이동시킬 뿐이지 이런 파괴력을 만들어 낼 수는 없었다.

그때 장무위의 눈이 휘둥그렇게 떠졌다.

"억!"

짧은 비명을 지른 장무위가 납작 엎드리자 그 위를 방패가 맹렬하게 날아와 스치고 지나갔다. 그리고 그 방패는 반대편에 있던 혈기들의 몸을 찢어발기고는 날아가 버렸다.

고개를 든 장무위가 식은땀을 흘리며 중얼거렸다.

"히, 힘이 너무 과했나? 생각만치 안 되네?"

언젠가 소요검선이 하던 것을 떠올리고 흉내 내 봤지만 생각만큼 몸이 안 따르는 장무위였다.

"……."

"거, 거짓말……."

멀리 날아가 버린 방패를 보며 중얼거리는 장무위의 목소리를 들은 혈기들은 그를 향해 믿을 수 없다는 표정을 지었다.

"그런데 이거 꽤 재미있는걸?"

그러면서 장무위가 주변을 스윽, 하고 돌아보았다. 그의 시선을 받은 이들이 모두 질린 얼굴로 그를 쳐다보았다.

장무위가 다시 손을 뻗으며 말했다.

"뭐, 연습하다 보면 되겠지. 안 그래?"

그의 손이 뻗어진 곳은 바로 그의 장원이 있는 방향이었다.

"이번엔 뭐지?"

누군가가 긴장한 목소리를 흘리던 순간 장원에서 굉음이 울려 퍼졌다.

콰아앙!

담벼락이 터져나가며 돌들이 주변에 있던 혈기들을 덮쳤다. 그리고 그 가운데로 무언가가 맹렬하게 돌면서 장무위를 향해 날아왔다.

당연히 그 사이에 있던 혈기들은 아까와 같은 꼴을 당하기 싫어서 좌우로 일제히 몸을 날렸다.

콰콰콰악!

공기를 찢으며 무언가가 맹렬하게 장무위에게로 날아왔다. 이번에는 장무위가 피하지 않았다.

터억!

"됐다."

장무위의 얼굴이 환해졌다.

그의 손에 들린 것은 나무를 팰 때나 쓸 법한 도끼였다.

"역시 손맛은 도끼야. 안 그래?"

장무위의 음성을 들은 이들이 그를 보며 식은땀을 흘렸다.

*　　*　　*

소요검선을 상대하고 있던 인마와 지마는 장무위를 돌아보며 질린 표정을 짓고 있었다.

"허허, 대단허이."

그들과는 달리 소요검선은 만면에 미소를 머금고 감탄을 흘렸다.

인마와 지마의 귀에는 그 감탄이 들려오지 않는지, 그들은 그저 지금 이 광경이 믿어지지 않는다는 표정으로 입을 열었다.

"어떻게 저 거리를 격하고……."

인마가 무너진 담장을 바라보며 말을 잇지 못했다. 장무위가 있는 곳과 무너진 담장 사이의 거리는 얼추 이십여 장은 되어 보였다.

그 거리의 물건을 허공섭물로 집어든 것만 해도 대단한 일이다.

문제는 거리가 아니라 담벼락이다.

중간에 담벼락이 있음에도 그 너머의 물건을 움직인 것도 모자라, 아예 담벼락을 박살 내면서 끌어왔다는 사실이 믿어지지 않는 것이었다.

"빌어먹을. 완전 괴물이군."

지마가 얼굴을 일그러트렸다.

아군이라면 모를까 적이 저런 엄청난 짓을 한다는 것은 그들 입장에서는 큰 부담으로 다가오게 된다.

실제 추살진이 제대로 힘을 못 쓰는 상황만 해도 문제인데, 이건 단지 힘을 못 쓰는 게 아니라 완전히 붕괴되어서 장무위라는 자 하나에 이리 휘둘리고 저리 휘둘리고 있는 꼴이 아닌가.

아니, 오히려 이젠 장무위가 끌어당기는 무기의 진로를 막을 생각도 하지 않고 길을 내줄 정도였다.

물론 막았다면 더 큰 피해를 입을 것은 충분히 예상이 되었기 때문에 길을 열어준 것 자체는 이해할 수 있는 일이다.

하지만 그렇게 이성적으로 판단해서 길을 열어 준 것이 아니라 본능적으로 몸을 피해서 길을 열어 주니 더 할 말이 없는 것이다.

죽음의 공포를 이겨낸 자들만이 혈기가 될 수 있다는 말이 무색하게 되었다.

"재미있지 않은가?"

소요검선이었다.

인마와 지마는 빙긋 웃고 있는 소요검선을 보며 이를 갈았다.

"일이 참 거지 같이 되어가는군……."

인마가 소요검선과 장내의 상황을 살피며 이를 악물었다.

사실 지금 소요검선의 상태는 그리 좋은 편이 아니었다.

처음 이곳에 왔을 때부터 옆구리에 난 검상은 계속 부담이 되어 왔다. 그런 상황에서 인마와 지마의 더없이 날카로운 합공이 이어졌다.

비록 경지의 차이가 있다지만 하나가 아닌 둘을 상대하는 것은 소요검선으로서도 크게 어려운 일이었다.

하지만 시간이 지날수록 초조해지는 쪽은 소요검선이 아니라 인마와 지마였다.

무위장에서 손을 섞은 뒤로 서서히 소요검선이 그들의 합공에 익숙해진 모습을 보이기 시작한 것이다.

무엇보다 그들을 받쳐 주던 혈기들이 장무위를 상대하기 위한 추살진을 형성하러 빠져나간 뒤부터 점점 더 상대하기가 까다로워졌다.

그뿐만이 아니었다.

원로원에서 끌고 왔던 고수들 역시 가불의 죽음 때문에 일부 걸왕을 상대하러 가고 나니, 소요검선을 상대하는 것은 오직 인마와 지마밖에 남지 않았다.

게다가 화산의 군자 매화검과 그 일행들 역시 대등하게 싸우고 있었다.

처음부터 그들은 화경급의 고수인 소요검선과 걸왕을 처리하고 나면 언제든지 없앨 수 있는 존재로 취급받았다. 그 때문에 적당히 손을 섞을 정도의 무사들만 붙인 탓에 아직까지 살아남아 있었던 것이다.

결국 오늘 이곳에서 목표한 이들 중, 누구 하나도 죽이지 못하고 있는 상황이었다.

반면에 삼백에 달했던 혈기들과 오십여 명의 원로원 고수들은 벌써 상당수가 죽어 나자빠져 있었다.

혈기들은 절반이 채 안 되는 백 명 남짓 남았을 뿐이고, 원로원의 고수들은 서른 명 정도가 다였다.

"이제 힘에 부치는가?"

소요검선이 빙긋 웃으며 질문을 던지자 상황을 살피던 인마의 얼굴이 살짝 굳어졌다.

추살진으로도 안 되는 장무위를 어찌 상대하겠는가.

이런 경우는 예상조차 못 했기에 인마의 고민은 길어질 수밖에 없었다.

지마의 전음이 인마에게로 울려왔다.

[어쩌지?]

그도 인마와 비슷한 고민을 하고 있었다.

인마가 그에게 전음을 날렸다.

[장무위를 상대하고 있는 원로원의 인원을 이쪽으로 빼야겠네.]

[그러면 혈기가 버티지 못할 것일세.]

지마가 걱정 어린 기색이 실린 전음을 보내왔다.

[혈기가 시간을 끄는 동안 소요검선과 걸왕을 처리해야지 않겠는가. 다행히 걸왕 쪽은…….]

인마가 전음을 날리다가 걸왕 쪽을 힐끔 바라보았다.

걸왕의 무위가 명불허전이라 할 만큼 강했지만, 광혈마가 폭주를 하기 시작했는지 걸왕이 점차 밀리는 모습을 보였다.

그리고 가불이 죽은 뒤 그를 받치기 위해 투입된 다섯 명의 원로원 고수들이 적절하게 방해를 하고 있어 상황이 나쁘지는 않았다.

[그래도 다섯은 남겨 두지. 자칫 시간도 제대로 못 끌 수 있네.]

그렇게 전음을 날린 지마가 군자 매화검 현도 일행이 있는 방향으로 시선을 돌렸다.

그들도 지금까지는 잘 막아 내는 모습을 보이고 있었지만, 지친 게 분명했는지 연신 뒤로 밀리고 있었다.

그쪽에는 혈기 열다섯과 원로원의 절정 고수가 다섯이나 붙어 있었다.

지마가 처음과는 달리 점차 크게 밀리고 있는 현도를 보며 자신의 의견을 덧붙였다.

[대신 저 쭉정이들을 상대하는 인원 중에서 셋만 빼는 게 어떻겠는가.]

지마의 의견에 인마가 그쪽을 슬쩍 보더니 고개를 끄덕였다.

[차라리 그게 낫겠군. 어차피 시간만 끄는 것이니 말이야.]

[그러세. 화산의 군자 매화검이 초절정의 초입에 올랐다는 소문이 있었지만, 생각보다 힘을 쓰지 못하는 것이 그 정도만 해도 충분하겠네.]

지마의 말에 인마가 고개를 끄덕이고는 다시 전음을 날렸다.

[불러들이게. 그리고 장무위를 상대하는 혈기들에게…….]

인마가 잠시 전음을 중단했다가 뭔가 결심한 듯 다시 이었다.

[잠폭단을 먹으라 하게.]

[……그러지.]

인마의 말에 지마가 약간의 시차를 두고 대답했다.

잠폭단.

만약을 대비하여 가져온 단환으로 일시적으로 잠재력을 이끌어내는 효과가 있다. 하지만 그다지 널리 쓰이지 않는데, 그 이유는 단순했다.

내력을 끌어 올리는 힘이 생각 이상이기에 선천진기까지 고갈되는 부작용이 있었다.

한마디로 최후에 먹는 약이 바로 잠폭단이었다.

결국 인마는 이곳에서 혈기를 포기하기로 한 것이다.

그렇지 않고서는 장무위를 막을 수 없다는 판단을 내렸고, 지마 역시 그와 같은 의견이었다.

물론 혈기대의 반수가 살아가지 못한다는 것은 전마성 입장에서도 큰 피해임이 분명했다. 하지만 대신에 화경의 고수 셋을 지운다면 남는 장사라 생각할 수 있었다.

지마가 전음을 보내자 전장의 공기가 바뀌었다.

장무위에게 이리저리 휩쓸리던 혈기들의 눈빛이 처음과 같이 침착함을 되찾았고, 원로원의 고수들은 일제히 장무위의 공격 범위에서 빠져나오기 시작했다.

그 분위기를 파악한 소요검선의 얼굴에서 미소가 사라졌다.

장무위에게서 빠져나온 원로원 고수들과, 현도 일행과 손을 섞던 원로원 고수들 중 세 명이 바로 자신이 있는 곳으로 향했기 때문이었다.

어떻게 해서든 자신을 먼저 쓰러트리겠다는 의도임이 분명했다.

하지만 의문이 들었다.

'혈기들만으로 장무위를?'

원로원 고수들이 뒤에서 견제를 하였기에 그나마 진형이 완전히 붕괴되지 않을 수 있었다.

그런데 그 주축인 원로원 고수들이 빠져나온다면 더 걷잡을 수 없게 된다. 만에 하나 혈기들이 장무위에게 버티지 못하고 괴멸된다면 인마나 지마들은 뒤에서부터 공격을 당하게 된다.

인마나 지마가 그것을 모를 리가 없는데도 이렇게 인원

을 조정한다는 것이 이해가 가지 않았던 것이다.

하지만, 잠시 후 그 이유를 알 수 있었다.

혈기조장들 중 하나가 외친 말 때문이었다.

"잠폭단을 사용한다!"

그 외침에 혈기들이 일제히 잠폭단을 꺼내 들기 시작했다.

"잠폭단!"

소요검선의 얼굴 위로 놀람이 스쳐 지나갔다.

하지만 그것도 잠시, 이내 침중한 표정이 그의 얼굴 위로 드리워졌다.

소요검선과 걸왕을 상대하는 데 잠폭단이 사용되는 것은 어쩌면 당연한 선택일 수밖에 없다는 생각이 들었던 것이다.

일이 더욱 어렵게 되었다.

잠폭단을 쓴다면 저들이 원하는 만큼의 시간은 충분히 끌 수 있을 것이다.

반대로 소요검선은 인마와 지마 외에 원로원 고수들의 합공까지 받게 되어 더 이상 버텨내기가 힘들게 된다.

"후우, 믿을 수밖에 없는가."

소요검선이 검을 고쳐 잡으며 장무위를 바라보았다. 지금까지 그래 왔듯이 그를 믿어야만 하는 상황이었다.

아직까지 그의 끝을 보지 못했던 소요검선은 장무위가 지금 이상의 무위를 보여 주길 빌 뿐이었다.

"잠폭단?"

순간 장무위가 놀라 한걸음 뒤로 물러났다.

그러고는 혈기들이 품속에서 뭔가를 꺼내 드는 것을 보았다.

"터, 터지는 건가?"

예전에 싸락골에서 폭죽을 터트리는 것을 보고 깜짝 놀랐던 기억이 있었다.

그때 요즘은 화약이란 게 있어서 전쟁 때에도 요긴하게 쓰인다는 이야기를 들었던 것이다.

장무위는 일단 물러난 채 긴장한 표정으로 혈기들을 주시했다.

폭 자가 중간에 들어간 것으로 보아 뭔가 터지는 것일지도 모른다는 생각을 했기 때문이었다.

그때 그의 귓가로 한줄기 전음이 울려왔다.

[잠폭단이란 것은 잠재된 내력을 일시에 터트려 주는 약이라네. 조심하게. 지금까지의 혈기들과는 다를 터이니 말일세.]

소요검선의 전음이었다.

일단 던져서 터트리는 것이 아니라는 것을 알게 된 장무위의 얼굴이 환해졌다. 그리고 소요검선의 전음에 화답했다.

"고마워! 잘 싸우고! 다음에 그 뭐시냐, 전음 좀 가르쳐 주고! 이런 좋은 건 서로 나눠야지 않냐!"

장무위의 외침에 저 멀리서 인마와 지마의 공격을 막아가던 소요검선의 얼굴이 팍 구겨지는 것을 볼 수 있었다.

장무위가 다시 전면을 바라보았다.

"그래, 터지는 건 아니란 말이지?"

히죽 웃음 지은 장무위의 몸이 흐릿해지며 다시 혈기들을 덮쳐 갔다. 그리고 그 자리에는 그의 중얼거림만이 남았다.

"먹기 전에 조지면 되지."

第十二章

제대로 미친놈

현도의 표정이 달라졌다.

이제까지 힘겨워하던 것과는 달리 어느 정도 여유가 생긴 얼굴이었다. 그러자 그를 상대하던 원로원 고수 둘은 피식 웃음을 흘리며 입을 열었다.

"다섯에서 둘이 되니 해볼 만한가 보지?"

"그래 봐야 조금 더 모진 목숨을 이어 붙일 뿐이란다, 아이야."

둘의 이죽거림에 현도가 피식 웃으며 대답했다.

"할 만하지. 그리고 아이라……. 그 아이를 상대하기 버거워서 다섯이나 들러붙은 것이 더 우습지 않은가?"

현도의 말에 원로원의 고수 둘은 살짝 자존심이 상한 표정을 지었다.

그들은 이제 마흔 중반인 현도보다 일이십 살은 더 먹은 노고수였다.

하지만 그 경지가 절정의 끝자락에서 더 나아가지 못하고 있었기 때문에, 그들로서는 젊은 나이에 초절정의 초입에 다다른 현도의 도발이 불쾌할 수밖에 없었다.

"모가지가 나뒹굴어도 그런 소리를 할 수 있을지 두고 보자꾸나."

원로원 고수 중 하나가 으르렁거리며 한마디 쏘아붙였다. 그러자 현도가 피식 웃으며 말을 받았다.

"그 나이 먹도록 주둥이로 수련했나 보구려."

"허, 화산에 군자가 있다던 말이 헛말인가 보구나. 네놈 세 치 혀가 이리 싸가지 없는 것을 보니."

"지랄한다. 네놈들 상대로 군자의 도를 찾느니 개새끼가 되고 말지."

"……."

현도의 신랄한 욕설에 원로원 고수들은 어이없다는 표정을 지었다. 화산의 군자 매화검의 명성은 그가 적아를 구분하지 않고 공명정대하며 군자와 같이 고고하다 하여 생겨난 것이다.

그런데 지금 그의 입에서 주둥이는 물론 개새끼라는 말까지 튀어나오고 있지 않은가.

"네놈…… 누구냐."

원로 중 하나가 얼굴을 굳히며 물었다.

"모르고 왔나? 아니면 치맨가? 조금 있으면 벽에 똥칠하겠군."

"네놈이 화산의 군자 매화검일 리 없다!"

"어쩐지 저 장무위란 자도 이상하다 했어……. 이건 함정이야!"

원로원 고수 둘이 믿을 수 없는 상황이라며 주절대었다. 그 모습을 지켜보던 광개가 한숨을 쉬며 한마디 했다.

"장무위가 사람 여럿 버려 놨지."

그러는 동안에도 원로원 고수 둘은 불신의 표정으로 군자 매화검은 어디 갔느냐는 둥, 네놈 정체를 밝히라는 둥 입으로 싸움을 이어 나갔다.

소요검선은 장무위가 자신의 전음을 듣고 빠르게 혈기들 무리 속으로 치고 나가는 모습을 보았다.

"허허."

"저, 전음을 모른다는 게 말이 되는가!"

"이게 무슨 뚱딴지 같은 상황인지……."

소요검선은 웃었고, 인마와 지마는 어처구니가 없다는 얼굴을 했다. 하지만 더는 시간 끌 필요 없다는 표정을 지으며 주변의 원로원 고수들에게 눈짓을 보내었다.

인마가 소요검선을 향해 말했다.

"그래 봐야 서넛 정도일 뿐이지 않겠소. 이제 우리도 끝냅시다. 시간이 그리 많지 않으니 말이오."

이쪽의 싸움에 합류한 원로원 고수들이 저마다 진형을 짜며 늘어섰다. 그런데 갑자기 장무위를 바라보던 소요검선이 비명을 내뱉었다.

"안 돼!"

"뭐, 뭐야?"

지마와 인마가 동시에 고개를 돌려 장무위 쪽으로 시선을 옮겼다. 소요검선이 놀랄 일이라면 그들에게는 좋은 일이었기 때문이다.

장무위가 거침없이 뛰어들자, 그의 손을 피하지 못한 혈기들이 미처 잠폭단을 삼키지도 못하고 쓰러졌다.

몇몇은 단환을 삼켰음에도 약효가 채 돌기도 전에 목이 달아나거나 가슴이 함몰되며 죽어 나자빠졌다. 인마나 지마는 서넛 정도일 뿐이라 예상했지만 그 짧은 시간에 벌써 열이나 되는 혈기들이 죽어 간 것이다.

이제 남은 혈기들의 수는 현도 일행을 견제하는 이들을 제외하고 칠십 명이 조금 넘었다. 하지만 다행히 그들은 잠폭단을 체내에 녹여 낼 수 있었다.

"끄으으!"

갑자기 끓어오르는 내기에 혈기들의 얼굴이 붉게 달아올랐다. 감당 못 할 정도로 잠재력이 솟구치는 모습이었다. 그들이 끌어 올리는 것은 잠재력이라기보다는 선천진기에 가까웠다.

사방의 기운이 무거워지면서 장무위에 대한 무형의 압박이 시작되었다.

하지만 장무위는 태연했다.

"이제 안 되니까 약발이구나. 하기사 우리 때도 애들 약 먹여서 출전시키고는 했지."

그때 장무위의 중얼거림을 들은 이 중 하나가 눈가에 이채를 띠었다.

'약을 썼었다? 절대 정파의 인물은 아니다. 설마 사파가? 하지만 지리멸렬한 사파의 종자들이 어떻게 저런 존재를…….'

물론 장무위가 말한 약은 다른 약이다.

정신이 몽롱해지거나 간덩이가 커지는 마약류를 먹여서 전쟁터에 내보낸 것을 말하는 것이다.

전쟁에서는 흔히 있는 일이기도 했다.

"뭐, 어쨌든 말이지."

장무위가 손에 있는 뭔가를 들어 보이며 말했다.

죽여 없앤 혈기들에게서 빼앗은 잠폭단이었다.

"좋은 건 나눠 먹어야지."

"응?"

"헛!"

"어억!"

사방에서 혈기들의 놀란 음성들이 동시다발적으로 튀어나왔다. 순간 잠폭단이 장무위의 입으로 튕겨 들어갔기 때문이다. 물론 장무위 스스로 먹은 것이다.

그때 저 멀리서 소요검선의 애절한 비명이 들려왔다.

"안 돼!"

"나중에 한 알 싸게 줄 테니 알아서 싸우기나 해!"

장무위는 소요검선의 애절한 외침을 한 귀로 흘리고는 한 알을 더 집어 들었다.

"이거 후끈한데?"

그러고는 또다시 입에 털어 넣었다.

"흐흐흐."

절로 만족스러운 표정이 지어졌다.

"청운아, 조심해라!"

"켁!"

청운은 청수의 경고성에 몸을 틀었지만, 몸을 제때 빼지 못한 덕에 등에 살짝 검상을 입었다.

적들의 공격을 막다가 소요검선의 비명과도 같은 외침에 한눈을 판 대가였다.

"젠장, 저 양반 이젠 하다 하다 별짓을 다 하네!"

"어, 어떡하죠?"

청풍이 당황한 음성으로 물어 왔다. 하지만 청수와 청운이라 해도 뭘 어찌하겠는가.

그나마 구명줄이라 생각했던 장무위가 잠폭단을 집어삼켰으니 이제 그 구명줄은 화약의 도화선이 되어 버린 셈이었다.

"몰라! 버텨!"

"에이, 씨! 너 죽고 나 죽자!"

장무위란 인간을 포기한 세 사형제의 검이 생사를 초월하여 날카롭게 쏘아져 나가기 시작했다.

혈기들이 어안이 벙벙한 표정으로 장무위를 바라보았다.

그들의 머릿속에 똑같은 생각이 동시에 떠올랐다.

'화경의 고수가 잠폭단 먹고 자살한다!'

선천진기를 다 뽑아 쓴 이의 최후가 어떻겠는가.

그냥 죽는 거다.

그들은 죽음을 각오하고 비장한 심정으로 약을 먹었다.

그런데 장무위는 그것을 좋다고 먹었다.

그것도 두 개나 먹었다.

한 개만 먹어도 인생이 끝나는 약을 두 개나.

쥐똥만 한 잠재력을 끌어내고도 모자라 선천진기까지 끌어내는 것이 바로 잠폭단인데 말이다.

그때였다.

장무위의 얼굴이 시뻘게졌다.

"컥!"

약을 먹은 혈기들이 일제히 한 걸음씩 물러섰다. 약효가 과도하게 도는 경우 그 내력을 감당 못 한 신체가 폭발하는 경우를 종종 봤다.

그렇기에 잠폭단을 운용할 수 있는 무사의 수는 한정적이다. 그리고 그 한정적인 무사들은 그냥 소모하기에는 아까운 전력이었다.

그런데 지금 장무위는 잠폭단을 두 알이나 먹었으니 제아무리 화경의 고수라 해도 버틸 수 있을지가 의문이었다.

잠재력은 물론이고 선천진기까지 순식간에 빨려서 몸이 터져 나갈지도 모른다는 생각이 들었다.

동시에 혈기들의 얼굴에 슬픔이 스쳐 지나갔다.

'알아서 혼자 뒈질 줄 알았으면 약 서너 개만 던져 주고 먹지를 말걸…….'

후회는 이미 늦었다.

"크어어어억!"

장무위의 얼굴은 물론이고 전신에 핏대가 일어서기 시작했다. 이어서 온몸이 울퉁불퉁하더니 뭔가가 삐죽거리며 튀어나오기 시작했다.

마치 뼈가 무너지는 듯했다.

까드득! 까드득!

뼈가 마찰하는 소리가 연신 울려왔고, 뒤이어 붉어졌던 피부가 마른논 갈라지듯이 쩍쩍 갈라졌다.

"이거, 뭐……. 뭐 이런……."

장무위가 혈안이 된 채로 덜덜 떨며 말을 제대로 잇지 못했다. 그때 장무위의 머리카락들이 우수수 떨어져 내렸다.

마치 온몸이 붕괴되어 가는 듯한 모습이었다.

장무위는 지금 우수수 쏟아져 내리는 자신의 머리칼을 보며 이를 악물고 있었다.

온몸의 뼈가 부서져 내리는 느낌이었다.

'부, 분명 좋은 거라고 했…….'

정신이 아득해졌다.

그때 소요검선의 탄식을 담은 전음이 울려왔다.

[그 약은 잠재력을 올려 주다 못해 사람의 선천진기까지 다 뽑아내는 약인데 어이하여…….]

"끄으으……."

장무위는 전음이 울려온 방향을 바라보았다. 소요검선이 안타까운 시선을 보내고 있었고 그를 포위했던 인마와 지마 등은 자신을 어이없다는 눈으로 바라보고 있었다.

비웃음 섞인 시선도 있었다. 조금 전까지만 해도 세상을 다 가진 것 같았다. 가끔이지만 전장에서 동경의 눈으로 보았던 이름난 장수가 된 느낌이었다.

'흡!'

숨이 턱턱 막혔다. 숨을 쉬고 싶어도 쉬어지지 않았다.

그뿐이 아니었다. 더 이상 다른 소리도 들려오지 않았다.

두근! 두근! 두근!

귓가에는 오직 심장 소리만이 전장에서 울려 퍼지는 북소리처럼 울려 퍼지고 있었다. 그 무엇보다도 크게, 마치 금방이라도 터져 나갈 듯이 울렸다.

툭! 투투툭!

뭔가가 떨어져 내리기 시작했다.

고개를 들어 보니 쩍쩍 갈라져 있던 피부가 손끝에서부

터 시작하여 부서져 내리는 것이 눈에 들어왔다.

"놈이! 붕괴하기 시작했다!"

장무위를 주시하던 이들이 다시 한 걸음씩 물러서며 그의 변화를 지켜보았다. 그의 몸이 점차 부스러져 나가는 것이 그들에게도 보였기 때문이다.

그때 혈기 하나가 의문을 표했다.

"자, 잠깐?"

그가 가리킨 곳은 머리카락이 우수수 흘러내린 장무위의 머리였다. 이제는 푸석해진 머리만 듬성듬성 남아 대머리라 해도 과언이 아니었다.

그런데 그 민머리에서 머리카락이 다시 솟아나기 시작했다. 그뿐이 아니었다.

그의 몸 주변으로 내력이 분출되며 마치 거센 바람이 일어나는 것 같은 착각이 들게 만들었다.

드드드드드!

장무위를 중심으로 막대한 내력이 움직이는 게 온몸으로 느껴졌다.

그저 그런 느낌을 받는 게 아니었다.

장무위를 중심으로 땅이 진동을 하고 있는 것이다.

"뭐가 어떻게 되는 거지?"

투툭! 툭!

이어서 장무위의 살 조각들이 마치 나무껍질처럼 연이어 바닥으로 후두두 떨어져 나갔다. 문제는 그 살 조각이 떨어져 나간 뒤였다.

"머, 멀쩡하다?"

온몸이 부서져 나갈 것 같은 기세와는 달리, 바짝 말라 버린 살 조각이 떨어지고 나타난 것은 우윳빛으로 빛나는 새로운 살이었다.

그때였다.

진동이 갑자기 멈추며 휘몰아치던 내력이 장무위에게로 빨리듯이 몰려 들어갔다. 마찬가지로 장무위 역시 그 모든 것을 빨아들이기라도 한 것처럼 몸을 웅크리고 있었다.

그리고 이어진 찰나의 고요.

"이, 일단 뒤로 물러나!"

그 고요 속에서 누군가가 경고음을 외쳤다.

하지만 그보다 한걸음 빠르게 폭풍이 다가왔다.

"크아아아!"

장무위가 괴성을 터트리며 한껏 웅크렸던 몸을 활짝 폈다.

콰콰콰쾅!

이어서 거대한 폭음이 울려 퍼졌고, 희뿌연 기운이 장무위를 중심으로 동심원을 그리며 퍼져 나갔다.

거대한 폭발이었다.

투투두둑! 퍼퍽! 퍽!

"커억!"

"마, 막아!"

장무위의 몸에서 쏘아져 나간 무언가가 동심원처럼 퍼지는 희뿌연 기운에 담겨 사방으로 뿌려졌다.

연신 무언가가 뚫고 지나가는 소리가 퍼졌고, 그와 함께 혈기들의 몸뚱이가 물고기처럼 펄떡거리며 사방으로 튕겨 나가 자빠졌다.

그들은 마치 수십 발이나 되는 화살이라도 맞은 듯 온몸에 구멍들이 숭숭 뚫려 있었고, 그 사이로 선홍빛 핏물들이 울컥거리며 솟구치고 있었다.

"이, 이게……?"

살아남은 혈기들은 자신의 검을 들여다보았다. 가까스로 휘둘러 무언가를 막아 내었던 그들의 검에는 조그만 껍질 같은 것들이 박혀 있었다.

"사, 살 껍질?"

이것을 보고 떠올릴 수 있는 것은 조금 전 장무위의 몸에서 떨어져 나가던 살 껍질뿐이었다.

그렇게 한차례 폭풍처럼 몰아친 기의 폭발이 지나간 뒤

커다란 웃음이 터져 나왔다.

"크하하하하하! 으하하하하!"

그 커다란 웃음에조차 강한 내력이 실려 있는지 주변의 혈기들은 잠폭단을 먹었음에도 주춤거리며 물러섰다.

그렇게 한껏 웃음을 터트린 장무위가 가슴을 부풀리며 숨을 크게 들이마셨다가 내뱉었다.

"스으읍! 하아아아아……."

숨을 내쉰 장무위가 주변을 바라보며 한쪽 입꼬리를 올렸다.

"이거 약발 죽이네. 그치?"

"마, 말도 안 돼……."

혈기들은 만족스러운 표정을 짓고 있는 장무위를 얼빠진 얼굴로 바라보았다.

지금까지 전투를 하면서 흠뻑 피를 뒤집어썼던 장무위가 마치 방금 욕탕에서 나온 것처럼 뽀얀 피부를 자랑하고 있었다.

그뿐 아니라 골격과 근육도 누가 봐도 감탄이 나올 정도로 아름다웠다.

한 점 티끌 없어 보인다는 말이 잘 어울리는 완벽한 신체였다.

얼굴도 미묘하게 변했다.

반들거리는 것이 아기 피부와도 같았고, 그 덕인지 이제 막 약관이 된 듯한 앳된 얼굴을 하고 있었다.

이건 누가 봐도…….

"화, 환골탈태!"

……환골탈태였다.

그 모습을 보며 놀란 것은 혈기들뿐만이 아니었다.

어벙한 표정으로 그쪽을 바라보던 지마가 심각한 표정으로 인마에게 질문했다.

"자네, 남는 잠폭단 있나?"

"그걸 질문이라고 하는가?"

"……내가 지금 안 묻게 생겼는가."

"젠장."

인마와 지마 역시 지금 상황에 황당함을 넘어서 아주 미칠 것 같았다.

아무리 봐도 장무위의 상태는 약을 먹고 선천진기를 쏟아부어서 숨넘어가려는 사람처럼 보이지 않았다.

"……."

혈기 하나가 장무위의 살 껍질에 벌집이 된 동료 발치에 구르고 있는 잠폭단을 내려다보았다.

자신은 이미 하나를 먹은 상황이었다.

천천히 그것을 집어든 혈기는 망설임 없이 그것을 입안으로 집어넣었다.

누구도 그의 행동을 저지하지 않았다.

아니, 오히려 주의 깊게 바라보았다.

잠시 후.

뻐엉!

잠폭단을 두 개 집어먹은 혈기의 몸이 북 터지듯 터져 나가자, 기대 어린 시선으로 그를 바라보던 혈기들의 얼굴 위로 실망감이 휩쓸고 지나갔다.

몇몇 혈기들은 죽은 동료에게서 챙겼던 잠폭단을 도로 버리는 모습도 보였다.

그들은 약속이나 한 듯이 동시에 똑같은 생각을 떠올렸다.

'저 인간이 이상한 거다!'

그러거나 말거나 장무위는 자신의 변한 몸을 만족스럽게 바라보다가 문득 아래로 눈을 돌렸다.

"오! 이쪽도 환골탈태했는데? 더 늠름해졌잖아!"

장무위의 외침에 혈기들은 물론이고 장내에 있던 이들 모두 환골탈태의 영향이 남자의 중요한 물건에까지 미친다는 새로운 사실을 알게 되었다.

환골탈태의 여파로 인해 벌거벗고 있던 장무위는 만족스러운 표정으로 자신의 물건을 보고 난 뒤 천천히 주변을 둘러보았다.

"일단 옷부터 입고……."

장무위는 옆에 비교적 깔끔하게 죽어 나자빠진 혈기의 바지를 슬슬 벗겨 입었다. 이어서 윗옷도 마저 벗겨서 걸쳐 입었다.

그러고 나니 죽은 혈기의 맨몸뚱이만 남았다.

"자, 이제 얼마 안 남았지?"

장무위가 웃자 모두 긴장하기 시작했다.

"시간이 없다!"

인마와 지마의 얼굴에 초조함이 떠올랐다.

이제는 정말 시간이 없었다.

뭔가를 하려고만 하면 장무위에게 시간을 뺏기는 탓에 아직까지 소요검선을 처리하지 못하고 있었던 것이다.

원로원 고수들과 인마, 지마가 함께 합공을 하려 하자 순간 소요검선이 눈을 빛내더니 갑자기 땅바닥에 양손을 박아 넣었다.

파팍!

"헛!"

소요검선이 땅바닥에 양손을 박아 넣은 채 그들을 향해 의미심장한 미소를 머금었다.

그러자 순간 그들의 뇌리로 아까 장무위가 했던 짓이 다시 생각났다.

장무위가 땅속에서 꺼낸 것은 방패와 칼 한 자루였지만, 그 외에도 또 무언가 준비했을지도 모른다는 판단이었던 것이다.

"피해라!"

누군가의 외침이 터지는 것과 동시에 땅에 박혀 있던 소요검선의 손이 뽑혀 올려졌다.

퍼어억!

동시에 사방으로 날아가는 흙, 돌멩이들…….

따당! 후두두둑!

사방으로 비산해 오는 흙과 돌멩이들을 피하며 멀찍이 떨어진 원로원 고수들이 긴장한 표정으로 소요검선을 바라보았다.

소요검선이 양손을 털고 있었다.

그의 손에 들어 올려진 것은 아무것도 없었다.

"그냥 해 봤다네."

"이런, 빌어먹을!"

순간 대열이 흩어진 그들의 틈을 노리고 검을 뽑아 든 소요검선이 파고들었다.

“이젠 놀랍지도 않다. 싸우다가 환골탈태하는 인간을 보다니.”

걸왕은 고개를 절레절레 저으며 눈앞에 있는 광혈마를 바라보았다.

거의 넝마나 다름없는 모습이었지만, 아직도 눈빛이 형형한 게 정상이 아니었다. 하지만 그만큼 그의 일 장 일 장에 실린 힘은 무시할 수 있는 수준이 아니었다.

“그래, 우리도 슬슬 마무리 지어 보자꾸나!”

걸왕이 내력을 잔뜩 끌어 올리며 달려들었고, 광혈마 역시 걸왕을 향해 온몸을 부딪쳐 갔다.

현도의 검이 거세게 들이쳐 갔다.

“이, 이런!”

카가강!

사방으로 매화꽃이 피며 그를 상대하는 두 명의 원로원 고수들 몸에 상처가 늘어 갔다. 처음의 당당함은 간데없이 현도의 검을 상대하는 그들의 표정에는 당황이 깊게 서려 있었다.

“설마! 네놈, 힘을 숨기고 있었더냐!”

"놈, 놈, 하지 마라! 전마성 잡놈들 주제에!"

"네놈 정체가 뭐냐니까!"

카라라랑!

연달아 날아오는 검기를 막아 내며 악에 받친 질문을 하는 원로원 고수에게 현도가 이죽거리며 외쳤다.

"이 칼 맞고 뒈지면 알려 주마!"

"크아악!"

그들의 머릿속에서는 지금 그들과 싸우는 눈앞의 존재가 군자 매화검이 아닐 것이라는 의문이 확신으로 바뀌어 가고 있었다.

그 모습을 보던 청수가 한숨을 쉬며 중얼거렸다.

"사숙께서 타락하셨어……."

"다 장무위 저 양반 때문이지요."

"그러게요."

청운과 청풍이 각자 한마디씩 했다.

전투는 점점 혼돈의 도가니로 빠져들고 있었다.

파아앙!

"보, 보이질 않아!"

혈기 하나가 비명을 질렀다.

소리와 비명은 들리는데 정작 장무위의 모습은 보이지

않았다.

신출귀몰이라는 말도 무색했다.

누군가가 계속 죽어 나가는데 상대방의 위치를 잡지 못하고 있으니 더 미칠 것만 같았다.

차라리 항거 불능의 거대한 내력을 동원한 공격을 받아 죽는다면 덜 억울할 것이다.

그런데 이건 마치 암습자처럼 보이지도 않는 상태에서 동료들을 죽여 나가니 미칠 지경이었다.

그뿐이 아니었다.

그쯤 되는 고수라면 깔끔하게 죽음을 선사할 법도 한데, 반드시 비명을 지르게 만들었다.

팔다리가 끊어져 죽어라 비명을 지르는 동료나 두 눈을 빼앗겨 아군이든 적군이든 가리지 않고 칼을 휘두르는 동료 등, 아비규환의 참상을 만들어 내고 있었다.

퍼퍼퍽!

"이……."

무어라 말을 하려던 혈기는 어느새 터져 나간 옆구리를 보며 허망한 표정을 지었다.

"어느새……."

순간 그의 앞에 장무위가 나타났다.

"어헉!"

장무위가 히죽 웃으며 말해 주었다.

"눈 깜짝할 새."

동시에 그의 양팔을 몸통에서 뽑아 버렸다. 그리고 그는 자기 동료들이 그랬듯 찢어지는 비명을 질렀다.

"끄아아악!"

비명을 지르며 생각했다.

이건…….

"아, 악몽이야……."

그의 중얼거림을 들은 장무위가 피가 뚝뚝 흐르는 몸을 한 채로 장내를 살피며 말했다.

"말했잖아. 늬들이 원한 거라고."

서늘한 한마디를 남긴 장무위가 나머지 혈기들을 향해 몸을 날렸다.

그 뒤로는 비명을 지르며 남은 숨을 내쉬는 혈기들의 참상만이 남아 있었다.

"뭉쳐서 내력을 모아라!"

이대로는 안 되겠다는 듯 혈기 몇몇이 내력을 잔뜩 끌어올리며 버텼다. 그런 그들을 향해 장무위가 정면으로 들이닥쳤다.

콰아앙!

폭음과 함께 강한 내력의 부딪힘이 있었다.

그리고 동시에 혈기들이 피떡이 되어 사방으로 날아갔다.

무지막지하게 몸을 돌진시켜 혈기들의 응집을 박살 내버린 장무위가 얼마 남지 않은 그들을 바라보며 말했다.

“뭉쳐서 죽을래, 흩어져서 죽을래. 골라 봐. 원하는 대로 해 줄 테니.”

아무도 대답하지 않았다.

아니, 할 수가 없었다.

장무위, 그는.

대적 불가였다.

〈다음 권에 계속〉

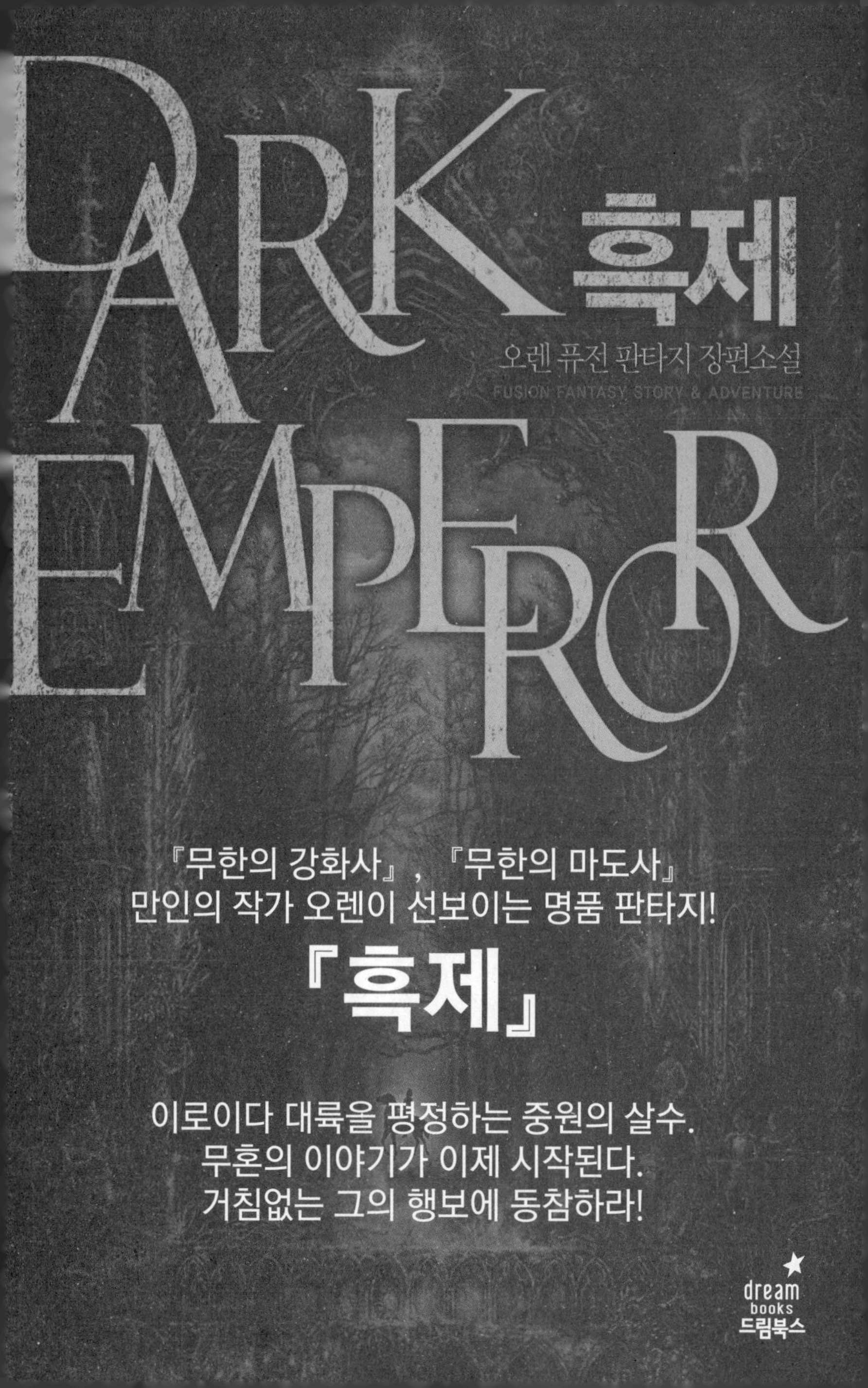
DARK EMPEROR
흑제
오렌 퓨전 판타지 장편소설
FUSION FANTASY STORY & ADVENTURE
『무한의 강화사』, 『무한의 마도사』
만인의 작가 오렌이 선보이는 명품 판타지!
『흑제』
이로이다 대륙을 평정하는 중원의 살수.
무혼의 이야기가 이제 시작된다.
거침없는 그의 행보에 동참하라!
dream books
드림북스

역전강호
문우영 신무협 장편소설
나지막한 울림, 언제고 가시지 않을 진한 향취
『악공전기』, 『화선무적』의 작가 문우영이 돌아왔다
그의 집념이 완성시킨 또 한 편의 감성 무협
『역전강호』
오행의 기운을 일깨워 갈 길 잃은 천하를 진동케 하리라
dream
books
드림북스

進士武林

진사무림

돈도 없고 줄도 없는
말단 관리 이한열.
그의 필사적인 노력이
무림에 파문을 일으킨다.

dream books
드림북스

문피아 선호작 1위! 골든 베스트 1위!
『검명무명』, 『반검어천』의 작가
자우 신무협 장편소설
항마신장
아버지와 스승의 유언을 가슴에 새기고
십수 년만에 중원 강호에 돌아온 필부.
소림사(少林寺) 불가욕(不可辱).
천하무종 소림, 누가 그 이름을 욕보일 수 있는가!
降魔神將
항마신장
자우 신무협 장편소설
ORIENTAL FANTASYSTORY & ADVENTURE
dream books
드림북스

무적마도

장담 신무협 장편소설

『무적마도』

천마령에 먹혀 아수라가 될 것인가!
항마의 절대선공을 익혀 아수라를 소멸시킬 것인가!

내 운명을 결정할 사람은 결국 나 자신뿐.
세상이 나를 원치 않는다면,
내 뜻대로 천하를 세우리라!

dream books
드림북스